Kontaktadresse nach EU-Produktsicherheitsverordnung:
produktsicherheit@fischerverlage.de

Über dieses Buch Als Heinrich Mann seinen Novellenband *Stürmische Morgen* zum Druck vorbereitete, hatte er die literarischen Moden des Fin de siècle hinter sich gelassen. Waren seine frühen Romane noch dem ›l'art pour l'art‹ und Jugendstil-Einflüssen verpflichtet gewesen, so hatte er spätestens mit dem *Professor Unrat* (1905) seinen eigenen Ton gefunden. Alle nachfolgenden Werke durchzieht, wie ein Generalbaß, immer wieder ein Thema: Macht und Unterwerfung, Herrschaft und Unterdrückung. Um »Seelenmorde« an jungen Menschen – wie es die Schwedin Ellen Key in ihrem epochemachenden Buch *Das Jahrhundert des Kindes* (1900) benannt hat – geht es in den vier in diesem Band versammelten Novellen. Hauptpersonen sind von Pubertätsnöten und Schulsorgen gejagte Jugendliche, die bei den Erwachsenen auf Verständnis nicht hoffen können. Die Verhältnisse sind nun einmal so: Wer sich für das sogenannte Leben nicht dressieren lassen will, muß sich eben knicken lassen oder geht unter. Wie der vorausgegangene Novellenband *Flöten und Dolche* (Fischer Taschenbuch Bd. 5931) in dieser Studienausgabe wurde auch diese Zusammenstellung von Heinrich Mann sorgfältig konzipiert und arrangiert. Gerade an seinen kleinen Texten hing er mit besonderer Liebe. »Manchmal das Beste«, schrieb er 1946 in einer autobiographischen Notiz an den Mailänder Verleger Mondadori, als er auf seine Novellen zu sprechen kommt. Herauszulesen ist aus diesen Texten überdies Heinrich Manns damalige Nähe zu seinem jüngeren Bruder Thomas. In der Novelle *Der Unbekannte* klingen an manchen Stellen Motivsegmente wie aus dem *Tonio Kröger* an. Der Beitrag *Abdankung* ist sogar dem Bruder gewidmet, der ihm seinerseits eine Partie der *Buddenbrooks* zugeeignet hatte. Der ursprünglich 1906 erschienene Novellenband *Stürmische Morgen* liegt hiermit erstmals in der von Heinrich Mann konzipierten Form wieder vor.

Der Autor Heinrich Mann, geboren 1871 in Lübeck, begann nach dem Abgang vom Gymnasium eine Buchhandelslehre, 1890 bis 1892 volontierte er im S. Fischer Verlag, Berlin, gleichzeitig Gasthörer an der Universität; freier Schriftsteller; 1893 Paris-Aufenthalt, bis 1914 längere Italien-Aufenthalte, später München, ab 1928 Berlin; 1931 wurde er zum Präsidenten der Sektion Dichtkunst der Preußischen Akademie der Künste zu Berlin gewählt. Die Verfilmung seines Romans *Professor Unrat* (unter dem Titel ›Der blaue Engel‹ mit Marlene Dietrich) machte ihn weltberühmt. Februar 1933 erzwungener Ausschluß aus der Akademie; Emigration nach Frankreich (Paris, Nizza), dann über Spanien und Portugal 1940 nach Kalifornien. 1949 nahm er die Berufung zum Präsidenten der neu zu gründenden Deutschen Akademie der Künste zu Berlin/DDR an. Heinrich Mann starb 1950 in Santa Monica/Kalifornien. Seine Urne ist auf dem Dorotheenstädtischen Friedhof in Berlin beigesetzt.

Die wissenschaftlichen Mitarbeiter an diesem Band
Ariane Martin, Jahrgang 1960, studierte Germanistik, Politikwissenschaft und Pädagogik in Marburg; 1985 Staatsexamensarbeit über Frauengestalten im Frühwerk Heinrich Manns; Lehrauftrag an der Philipps-Universität Marburg; derzeit Arbeit an einer Dissertation über Heinrich Mann. Veröffentlichungen zu Heinrich Mann im ›Heinrich-Mann-Jahrbuch‹.
Peter-Paul Schneider, Jahrgang 1949, Dr. phil., Wiss. Mitarbeiter am Deutschen Literaturarchiv/Schiller-Nationalmuseum, Marbach am Neckar; zuvor Wiss. Assistent für Neuere deutsche Literaturwissenschaft an der Universität Bamberg (1977-1983). Veröffentlichungen zum 18. Jahrhundert (Mitherausgeber der *Friedrich Heinrich Jacobi-Brief-Gesamtausgabe*) und zu Heinrich Mann (Herausgeber der ›Mitteilungsblätter des Arbeitskreises Heinrich Mann‹, seit 1983 des ›Heinrich-Mann-Jahrbuchs‹ (zusammen mit Helmut Koopmann).

Heinrich Mann
Studienausgabe in Einzelbänden

Herausgegeben von Peter-Paul Schneider

Textgrundlage:
Heinrich Mann: *Novellen II*
Berlin und Weimar: Aufbau-Verlag, 1. Auflage 1978
(= Heinrich Mann: Gesammelte Werke
Herausgegeben von der Akademie der Künste der DDR
Redaktion: Sigrid Anger
Band 17. Bearbeiter des Bandes: Volker Riedel)

Heinrich Mann

Stürmische Morgen

Novellen

Mit einem Nachwort von
Ariane Martin
und einem Materialienanhang,
zusammengestellt von
Peter-Paul Schneider

Fischer Taschenbuch Verlag

2. Auflage
Ungekürzte Ausgabe
2024 S. Fischer Verlag GmbH,
Hedderichstr. 114, 60596 Frankfurt am Main

Lizenzausgabe mit freundlicher Genehmigung
des Aufbau-Verlags, Berlin und Weimar
Die Erstausgabe erschien 1906 im Albert Langen Verlag, München
Copyright © 1978 by Aufbau-Verlag, Berlin und Weimar
Für das Nachwort und den Materialienanhang:
© Fischer Taschenbuch Verlag GmbH, Frankfurt am Main 1991
Umschlaggestaltung: Max Bartholl unter Verwendung
des Gemäldes »Paul Klee 39 ›Rosenwind‹« (1922)
Oel auf holländisch Bütten, geleimt und aufgeklebt,
42 × 48,5 cm / Privatsammlung Schweiz
© 1991, Copyright by COSMOPRESS, Genf
Die Nutzung unserer Werke für Text- und
Data-Mining im Sinne von § 44b UrhG
behalten wir uns explizit vor.
Printed in Germany
ISBN 978-3-596-25936-6

Inhalt

Heldin 9
Der Unbekannte 33
Jungfrauen 77
Abdankung 93

Nachwort 109
Zur Entstehungs- und Überlieferungsgeschichte . . 129
Materialien 138
Zeitgenössische Rezensionen (Bibliographie) . . . 147
Zeittafel 149
Bildnachweis und Dank 158

Heldin

Die erste Manuskriptseite von *Heldin*
in der Handschrift Heinrich Manns

Der junge Beamte streckte den Kopf aus dem Schalter.

»Kommen Sie nur alle Tage selbst, Fräulein«, rief er Grete Pinatti nach; »dann sind wir bereits ein Postamt erster Klasse.«

Grete lachte, über ihren Fächer hinweg, laut auf. Lina drehte sich ernst lächelnd um, und vor ihr machte er eine kleine scheue Verbeugung.

»Er hat Angst vor dir, er muß in dich verliebt sein«, meinte Grete. Lina verzog ein wenig den Mund, träumerisch geringschätzig.

Die heiße Luft schlich ihnen entgegen; der Platz brannte weiß im weiten Bogen der Häuser mit gebauchten Balkonen und geschlossenen grünen Fensterläden.

»Jetzt zum Bertanza«, sagte Grete; und sie betraten den dumpfigen Schatten des mit Stoffen und Schachteln vollgestopften Ladens. Während sie Bänder aussuchten, raunte Grete:

»Er hat sie wieder geprügelt; siehst du die Streifen?«

Linas tiefschwarze Augen senkten sich auf das Gesicht der Verkäuferin; dies mürrisch verschlossene Gesicht ging plötzlich auf, wie eine verzauberte Pforte unter dem Stabe der Fee, und das Mädchen lächelte: einfältig entzückt.

Nun bogen sie in die enge Gasse; es roch darin nach Wein: und da klapperte eine schmutzige Glastür, Stimmen brachen wüst heraus, und ein Betrunkener taumelte nach der Hauswand gegenüber und ließ sich mit dem Rücken daranfallen. Grete zog Lina am Arm.

»Was tust du? Nicht so nahe! Er ist böse, wenn er betrunken ist. Du hast doch gesehen, wie er seine Tochter zugerichtet hat.«

Linas Blick ließ zögernd die glasigen Augen los, die nichts begriffen; und sie seufzte. Hinter ihnen ward ein leises Räuspern vernehmlich und dann eine verschleierte Stimme.

»Eigentlich wollte ich nach der andern Seite; wenn man aber Sie des Weges gehen sieht, Fräulein Clemens: Sie haben einen Gang wie eine kleine Heerführerin, leicht und feierlich, wissen Sie. Niemand würde wagen, Ihren Arm zu berühren, aber alle müssen Ihnen folgen. Sehen Sie die Anstrengungen jenes Trunkenboldes?«

Grete jauchzte.

»Ihnen kann man begegnen, wann man will: immer sind Sie komisch!«

»Wie kommt es«, sagte der junge Mann bewegt, »daß von Ihnen, die selten lächelt, eine strenge Heiterkeit ausgeht, von der alle schüchterner und besser werden?«

Grete wollte wieder loslachen; aber es gelang nicht: sie sah beleidigt aus. Der junge Mann begann zu husten und konnte nicht mehr aufhören. »Die Nerven!« brachte er hervor. Lina sah ihm in die Augen, in die Tränen der Qual traten.

»Ich danke Ihnen«, sagte er, sobald er sprechen konnte.

»Wir wollen langsam gehen«, bestimmte Lina. Ihr schwaches, unklares Organ klang wie das eines Knaben, der die Stimme wechselt.

Ketten bunter Früchte hingen vor den Gewölben; Mädchen in schwarzen Umschlagtüchern und mit Rosen vor der Brust drehten sich in den Hüften, bewegten Fächer und Augen; schreiend spielten die Burschen Morra; Harmonikatöne und fette Gerüche stiegen zum Himmel auf, der festlich zwischen den Dächern hinfloß. Grete flüsterte im Gedränge:

»Kein Gedanke, daß Sie mich heute in der Badehütte sehen.«

»Ich sehne mich nicht nach der Badehütte«, antwortete der junge Mann. »Ich wollte, wir könnten uns besser lieben.«

»Bequemer könnten wir's doch nicht haben«, meinte Grete erstaunt. Er drängte von ihr weg.

»Sehen Sie, Fräulein Lina, am Ende dieser engen, wimmelnden Gasse den Turm, den stillen, grauen Wachtturm am Hafen? Seit tausend Jahren steht er dort: hinter sich die Stadt, vor sich den See in seinen blauen Luftschleiern, worin der Umriß des Gebirges sich verstrickt, aus denen sonst, wie aus der Ewigkeit, Feinde auftauchten, und in die sie, abgeschlagen, zurücksanken. Wie viele Geschlechter haben dem alten Wachtturm ihr Heil verdankt! Noch das heutige geht, ohne selbst darum zu wissen, in einem zärtlichen Vertrauen durch seinen breiten Schatten hin. Auch wenn man Sie ansieht, Lina, beruhigen sich die Mienen; das Böse, aus der Ewigkeit hergefahren, weicht in sie zurück; und eine Weile spüren wir in unsern eigenen Augen, in unserer Brust eine kaum begreifliche Güte, einen wunderbaren Frieden... Sie halten mich hoffentlich nicht für verliebt?«

»Ich möchte Ihnen eine Frucht kaufen, Herr Roland, dort bei dem Alten; wollen Sie? Schon gibt es Feigen, und Sie lieben sie, haben Sie gesagt.« Lina bot ihm die Frucht; da sah sie Grete, die abseits stand, spöttisch und doch mit einem Gesicht wie eine Ausgestoßene.

»Geben Sie sie ihr!« sagte Lina rasch. Er sah sie an; sie bat erschrocken: »Tun Sie's!«

Er eilte auf Grete zu. Wie sie ihn kommen sah, begrüßte sie mehrere Offiziere und blieb mit ihnen stehen. Roland kehrte zu Lina zurück und zu dem Alten.

Der Alte lehnte inmitten des Hafenplatzes an seinem gelben, mit Papierblumen und Fähnchen ausstaffierten

Karren und begeisterte sich mit hoher, dünner Stimme für seine Ware. »Was für schöne Trauben!« schrie er fast weinend. Plötzlich aber verfiel er in Keifen, weil hinter seinem Rücken ein Junge eine wegnahm. Ein Auflauf entstand; ein Gendarm schritt ein.

Lastträger, Zolleute, Schiffer schoben sich, die Hände in den Taschen, durcheinander, verwickelten sich plump in den leichten, schwankenden Gewinden lachender Mädchen. Kleine, behende Hausfrauen auf klappernden Holzschuhen, in den Haaren noch den Staub der Woche, machten unter den Steinlauben, feilschend und jammernd, ihre Einkäufe für den Sonntag. Die blonden, langen Soldaten in ihren graublauen Joppen sprachen ernsthaft deutsch über die Köpfe der kleinen lauten Italiener hinweg. Höher als alles Volk und seinem Qualm entrückt, blickte der heilige Bischof – und sein steinernes Chorhemd flatterte – auf die im Hafen leis knarrenden Lastbarken hernieder. Da entstand auf einem der Schiffe Bewegung und Lärm: die Finanzwache zerrte einen Schmuggler aus seiner Kajüte hervor. Seine Miene war von Wut ganz zerrissen und blutig rot; er hatte die heisere Stimme eines Kettenhundes. Unversehens erschlafften seine Züge, und es war deutlich, daß er innerlich zusammenfiel.

»Warum freuen alle sich? Es ist doch traurig«, sagte Lina. Grete war wieder da, und sie lachte noch.

»Wenn das nicht komisch ist!« brachte sie hervor. »Was man heute alles sieht!«

Der junge Mann erklärte:

»Worauf man achtet und worüber man lacht in solcher Volksmenge, das ist immer traurig. Das andere fällt keinem auf. Ereignisse sind traurig.«

Lina sah ihm in die Augen und schüttelte dabei, kaum merklich, den Kopf; dann richtete ihr Blick sich, grade und sicher wie ein Vogelflug, auf das andere Ende des Platzes.

»Dort unter dem Turm die Frau küßt das Kind, das sie trägt. Sie weiß nichts weiter, ist weit fort mit dem Kind und küßt es nur immer.«

»Niemand sieht es. Ein Haufe aber umsteht jene andere, gleich neben dem Brunnen, die ihr Kleines schlägt. Sie kann kaum noch, und sie sieht haßerfüllt aus. Hören Sie den Jubel?«

Lina senkte den Kopf.

»Ich tue Ihnen weh«, murmelte er.

»Nein. Ich bin nur traurig für Sie.«

»Warum? Sehen, was ist: das macht stolz genug.«

»Ich möchte, daß Sie das andere sähen: das, was sein könnte und im Grunde auch ist.«

»Also Träume. O wie gern ich in sie flüchte! Jetzt werden wir die Lange Straße hinansteigen, das holprige Pflaster mit den Marmorfliesen darin; und zu beiden Seiten schlummern die bröckelnden Paläste. Die Säulen der Portale ragen vor den halbrunden Fassaden; Rosengestrüpp fällt über die Türen; in den spitzbedachten Fenstern lauert es schwarz, hinter knotigen Eisengittern; das Lämpchen unter dem Madonnenbild an der Ecke funkelt. Da sind wir. Wie manche Nachtstunde – denn ich schlafe nicht – stehe ich mit verschränkten Armen im Schatten dieses Tores und erträume mir ein glänzendes Aus und Ein von Menschen mit freien, edlen Geistern, leicht und klar wie die Farben, in die sie gekleidet sind, biegsam und stark wie ihre Klingen. Keine Dürftigkeit, kein Schmutz und nichts Fragwürdiges ist in den Seelen; alles verläuft rasch und gut. Welch Leben!«

»Das meine ich nicht.«

»Ich weiß. Es ist eine opernhafte Verzauberung, aus der das Elend der Mimen durchbricht und die nichts ändert.«

»Ich meine nicht, die Menschen verkleiden, sondern sie einfach lieben, mitten im Wochentag. Können Sie das nicht? Tun Sie's! – und ich weiß gewiß, Sie werden gesund werden.«

»Wo bleibt Fräulein Grete?« fragte er unruhig. Lina hatte einen Schmerz gespürt, sie wußte nicht welchen.

»Wir wollen warten«, sagte sie sanft. Er hatte sich besonnen.

»Nein, nein... Zuerst gesund werden. Dann vielleicht würde man die Menschen lieben? Aber ich kann mich nicht umdenken. Ich fühle mich selbst nicht rein und vermag ebensowenig vom Schmutz der andern abzusehen. Ich habe die beständige, verstehen Sie, die beständige nahe Empfindung des Stoffes, aus dem wir gemacht sind. Ich höre nicht von der Tat eines Großen, ohne mich zu erinnern, daß hier wieder mal in einem Gemengsel aus Eiweiß, Fett und Wasser – hauptsächlich schmutzigem Wasser – unfreiwillig etwas entstanden ist, das wir Geist nennen. Unsere Gerüche, ein animalischer Blick, die Bedürfnisse unserer Sinne: alles beleidigt mich bis zu Tränen; und komme ich, wie jetzt, aus einer Menschenmenge, möchte ich mich zu meiner Reinigung hier an der Landstraße in den frischen Kot legen.«

»Sagen Sie alles!« Lina sah, angstvoll atmend, gradaus. »Sagen Sie alles!«

»Ich schäme mich vor Ihnen«, murmelte er. »Ich habe nichts erlebt. Daß man krank ist, ist das ein Grund zum Menschenhaß? Gleichwohl schmecke ich nur Bitternis, fühle nur Härten, sehe nur Düsteres. Sie ganz allein, Lina, lassen mich das Gute erleben: als habe alle, alle Güte des Menschengeschlechts sich in Ihre einzige Gestalt zusammengezogen! Aber ach! das Gefühl der Besserung, das Sie uns gewähren, täuscht uns; allesamt sind wir unheilbar. Wir wohnten soeben drei, vier Verbrechen bei, ebenso vielen Mißbräuchen der Macht und der Roheit eines Volkes, und haben doch nur einen Gang durch eine Kleinstadt gemacht. Bedachten Sie einmal, welch ein entsetzliches Zeugnis die Notwendigkeit einer Gesellschaft, einer Religion der Menschheit ausstellt? Das Tier, das Ketten braucht; das nun schon krank, verderbt und armselig ist und doch noch mit letzter Kraft dem Nebentier an die Kehle springen würde: wie es mich demütigt! wie es mich reizt! Rufen Sie sich die Gebärden der kleinen staubigen Hausfrauen zurück, die unter den Steinlauben um Pfennige kämpften: wie jedes dieser dürftigen Wesen als der Feind aller umherstrich, von niemand wissen wollte als von sich! Sie glauben nicht? Fragen Sie sich, was irgendeine vorgezogen hätte: einen Nickel zuwenig herauszubekommen, oder daß der, der ihr ihn schuldete, tot umfiele! Waren ihre Triebe nicht ganz so energisch? Dann war's Müdigkeit, nicht Güte.«

›Wie unglücklich er sein muß!‹ dachte Lina.

»Von dem Nickel lebt eins ihrer Kinder«, sagte sie. »Neulich kam zu uns eine Korbflechterin mit vier Kindern: eine, die immer auf den Straßen umherzieht. In der Küche fiel sie um; ich meinte, sie stürbe. Es war ein zweitägiger Hunger. Ihre Kinder hatten am Morgen etwas gegessen.«

Der junge Mann verzog das Gesicht, als wollte er nicht hören.

»Sie müssen hören; auch ich habe Sie angehört... Aber nun – Sie werden mich verspotten – weiß ich auf einmal nicht mehr, was ich sagen soll. Das Böse des Menschen kann man wohl aussprechen: seine Güte ist unsagbar und dabei so tief gewiß. Das Böse ist nur obenauf; es geschieht nur, weil man nicht achtgibt, sich nicht bedenkt: aus Lässigkeit, durch Irrtum. Ja, wenn ich jemand böse handeln sehe, drängt es mich jedesmal, auf ihn loszugehen und ihn daran zu erinnern, wer er ist; ich meine immer, er muß dann stutzen, erschrocken lächeln und umkehren. Wäre ich stärker! Manchmal scheint es so leicht; ich fühle mich merkwürdig frei, bin nicht mehr ein einzelnes Mädchen, die Tochter eines Winzers; mit allen Menschen eins bin ich; mit meinem einen Herzen wünschen alle die vielen sich die Erlösung ihrer Güte, und alle die Herzen drängen mich, zu handeln, für sie alle zu handeln. Wie ich mich danach sehne! – und weiß mir doch keine Tat und kann nur weinen; weinen, weil ich so schwach bin und das Unbekannte, wonach es mich drängt, nie erreichen werde... Aber nicht von mir wollte ich sprechen. Sehen Sie dort noch eins der armen Geschöpfe herankommen, die Sie hassen wollten?«

Zwischen den Gartenmauern näherte sich watschelnd eine dicke, grausträhnige Matrone, hielt mit fetten schlaffen Händen ihren Henkelkorb und spähte trüb und mißtrauisch nach den beiden aus, die ihr entgegenkamen.

»Ich kann das nicht lieben«, murmelte der junge Mann.

»Sie kennen sich selbst nicht«, erwiderte das junge Mädchen.

Die Alte ging vorbei mit ihrem bedrückten und emsigen Gang, plump trippelnd; und ein Geruch nach Zwiebeln, Rauch und armen Kleidern stand in der Luft, durch die sie gekommen war.

»Haben Sie bemerkt, wie sie meinen Blick erwidert hat? Gehässig, diebisch, feig und böse; dann aber traf sie den Ihren! Und da entstand in ihrem Nagetiergesicht die ganze dummliche Seligkeit, mit der die Pfründnerinnen einer erhobenen Hostie folgen... So sind wir gerichtet, Lina, und das Urteil ist gerecht.«

Er mußte stehenbleiben und husten. Inzwischen traf Grete Pinatti ein.

»Sie sollten mehr schwimmen und rudern, Herr Roland. Wozu sind Sie denn hergekommen?«

»Wenn mich solche Unterredung mit Fräulein Lina nicht gesund macht, werden auch Rudern und Schwimmen es nicht tun.«

Grete legte ihr dickes, rotes Gesicht nach oben, was wegwerfend aussah, griff an ihren kupferblonden Haarknoten und fing an, mit Lina so rasch italienisch zu reden, daß der Deutsche nicht mitkam. Wie sie an einer der Mauerpforten vorbeigingen, ward sie geöffnet, und Linas Vater kam heraus.

»Wie geht's denn? Mein lieber, lieber Herr Roland?« Er fing Rolands beide Hände in seine warme Rechte ein. »Es ist doch schön!« Und die tiefen blauen Augen des alten Herrn durchwanderten segnend und nicht ohne Pathos die Berge über den Mauern, den Himmel über den Bergen, den Wein im Garten, die Ölbäume auf den Hügeln: das Land und die Welt. Der junge Mann betrachtete ihn spöttisch.

»Und die Menschen erst!« ergänzte er.

»Gewiß! Und wir werden schon noch einer Meinung werden!«

Aber im Augenblick interessierte Grete Pinatti ihn mehr. Er umfaßte den Arm des hübschen Mädchens, und mit kleinen, vorsichtigen Schritten – denn der schwere Körper versagte sich der Begeisterung des Kopfes – ging er auf sie gebeugt und unter zärtlichem Kneten ihres Armes mit ihr weiter. Lina und Roland gewannen einen Vorsprung. Der Vater rief sie zurück und griff mit sichtlicher Besorgnis in ihr Gespräch ein, das ihm zu vertraulich schien. Er ließ Grete los, so sehr mißfielen ihm die angeregten Augen der beiden jungen Leute; stellte sich vor seine Tochter, um sie Roland zu verdecken; tanzte förmlich bei jeder Wendung des andern. Roland dachte: ›So handelt kein Philosoph und kein Verehrer der Menschheit. So benimmt sich ein ehemaliger Lebemann, dem jetzt in ländlicher Muße die Zähne ausfallen, aber der in Erinnerung an die eigene Blüte keinen Mann neben seiner Tochter sehen kann, ohne ihn zu fürchten.‹

»Sie entschuldigen, mein Lieber; ich habe mit meiner

Lina etwas zu besprechen; dafür überlasse ich Ihnen die schöne Grete.«

»Der Alte merkt es schon«, raunte Grete, hinter den beiden andern. »Sie sind in Lina verliebt.«

»Kommen Sie in die Badehütte!«

»Bestellen Sie Lina hin!«

»Ich muß Sie sehen, Sie wieder küssen!«

»Geben Sie doch acht! Unsere Schatten sind uns voraus; man kann sehen, was Sie tun!«

»Sie ahnen nicht, wie es mich verzehrt; und am meisten in den Augenblicken, wo Sie mich für untreu halten. Lina möchte in mich, ich weiß nicht was für eine große Sehnsucht, was für übermenschliche Güte pflanzen; aber alles, was entsteht, ist der Wunsch, Sie zu haben, der Drang, Ihnen zu geben.«

»Ich verstehe nichts und glaube nichts. Lina ist schön und liebt Sie.«

»Liebt mich? Auch die heiligen Frauen lieben ihre Gläubigen; aber es sind ihrer zu viele. Diese Liebe verteilt sich über das Weltall und stillt keinen. Und schön? Ist sie schön? Ich weiß nicht. Mir scheint, sie hat das lange, durchsichtige, allzu seelenvolle Gesicht der Verwachsenen. Ihr Rücken ist zwar nicht erkennbar mißraten...«

»Lina verwachsen?! Sie sind lächerlich! Übrigens haben Sie selbst noch heute von ihrem Gang geschwärmt.«

»Mag sein. Mir kommt es vor, als müsse die äußerste Seelenschönheit den Körper geradeso verkrüppeln wie die letzte Bösewichterei. Lina ist mir unheimlich; ich kann sie nicht begehren.«

»Lina ist sehr gut und sehr lieb, und ich leide nicht, daß von meinen Freundinnen schlecht geredet wird.«

»Weil Sie ein anständiges Geschöpf sind.«

Er dachte: ›Ein gewöhnliches Geschöpf, nicht ohne träge Gutmütigkeit; und ein solches will ich.‹ Laut dachte er weiter:

»Ich wäre natürlich größer, wenn ich Lina lieben könnte. Aber Sie dürfen ganz ruhig sein: es geht nicht.«

Grete klappte zornig den Fächer zusammen und machte zwei raschere Schritte.

»Wir werden uns niemals verstehen«, sagte sie stark; und leiser: »Baden Sie nur allein!«

»Sie werden kommen«, murmelte der junge Mann eindringlich.

Der alte Clemens blieb vor dem Eingang in sein Besitztum stehen; er rief den Nachkommenden entgegen:

»Inwiefern werden Sie sich nie verstehen, meine Lieben?«

»Fräulein Grete«, sagte der junge Mann, »forderte mich auf, zu ihr zu übersiedeln, in das Hotel ihres Vaters. Ich erklärte, lieber im Dunkel der Langen Straße zu bleiben. Auch hänge ich an meinen nächtlichen Gewohnheiten und an dem Gang unterm Sternenhimmel, jene Hügel hinan. Von allen Seiten, in vielen Hügelfalten rauscht das Land, ein großer, mit Goldflämmchen bestickter Mantel, vom Tal auf. Durch die mondgrauen Schleier aus Öllaub schwebt ein merkwürdig einsamer Glockenklang. Wie hell und gespannt man dabei wird! ganz zusammengezogen auf sich: endlich ledig aller Bedrängnis durch Menschen, aller Verzettelung an Menschen.«

»Schlechte Gewohnheiten haben Sie da, lieber Freund. Glauben Sie mir, es ist das Gesündeste, Vorteilhafteste für uns selbst, wenn wir uns an andere verschenken.«

»Also wäre die Menschenliebe nicht uneigennützig? Ich dachte, Sie täten es um des bedürftigen Kranken willen, daß Sie ihn als Gärtner anstellen; um der Bauern, Ihrer Nachbarn willen, daß Sie ihnen eine Kooperativgenossenschaft gründen.«

Der alte Herr errötete hell.

»Die Menschen zu fördern und von ihnen geliebt zu werden gewährt Selbstgefühl und verschafft Einfluß; ich weiß. Glücklicher als wir sind andere, denen nie das Leben ihre natürliche Güte halb erstickt hat und die sie nicht dem Schutt mit Mühe entwinden müssen: ihnen ist es leicht gemacht.«

Er faßte, ohne sie anzusehen, seine Tochter bei der Hand.

»Jung sein und in einem Olivenhain leben«, sagte Roland.

»Wir dagegen«, schloß Clemens, »müssen uns durch Lockspeisen dahin bringen, das Gute zu tun und Wohlwollen zu hegen. Nicht immer gelingt es. Sie werden mich besser kennen, mein Lieber, als ich mich selbst kenne, und ich bitte nur, beurteilen Sie mich gnädig. Adieu, adieu.«

Er kehrte nochmals um.

»Lina würde natürlich nicht so allein zur Stadt gehen; aber ihre Erzieherin, wissen Sie, ist im Urlaub, und Bewegung muß das Kind sich doch machen. Es ist erst fünfzehn, lieber Freund...«

Der Vater bat um Schonung.

»Da schauen Sie die Grete: bloß um ein Jahr älter, aber schon ein strammer Kerl!«

Der junge Mann sah nur, daß Lina errötet war; der Alte aber gab Grete zornige Zeichen mit den Augen, sie solle doch dableiben. Sie lachte, dankte für die Begleitung und tat, als wolle sie nach Hause eilen. Roland empfahl sich; Clemens folgte zaudernd seiner Tochter. Wie sie in der Mitte der langen Weinlaube sich nach dem Vater umsah, stand er bei den Mauerpfeilern des Eingangs mit Grete. Lina wandte rasch die Augen weg; sie war nochmals rot geworden.

Ihr erstes Erröten war geschehen, weil ihr Vater gelogen hatte. Nicht nur verreist war die Erzieherin; sie hatte gehen müssen, weil Linas Vater ihr nachstellte; und Lina litt noch unter dieser Trennung und ihrer Ursache.

›Papa lügt vor den Bauern, vor den Kunden, sogar vor

Leuten, die ihn nichts angehen – sehr oft; und doch ist er der edelste Mensch, der an den Sieg der Wahrheit glaubt und mich daran zu glauben gelehrt hat. Er ist gut... Er ist gut!‹ beteuerte sie sich erregt. ›Er hat den kranken Gärtner gefördert. Der armen Korbflechterin neulich gab er mehr Geld, als er entbehren konnte; denn er ist nicht reich geworden. Wie kann er also zu eifrig auf seinen Vorteil bedacht gewesen sein? Ich weiß: manchmal verhärtet er sich. Warum mußte er Mama so unglücklich machen, ehe sie starb? Er sagte: Mama sei zu krank, eine schwerkranke Frau gebe dem Manne nichts, er schulde ihr keine Treue...‹

Lina erschrak, wie sie sich das wiederholte.

›Mamas Seele war doch damals noch da! Derselbe Papa konnte so denken, der die Mägde nicht ins Spital schickt, der sie selbst pflegt! Ist er gut oder böse?‹

Lina ging, den Kopf gesenkt, am Wohnhause vorbei, das Maisfeld entlang, unter den Kakibäumen hin. Jene andere Dame fiel ihr ein, die einst, kurz nach Mamas Tode, im Wohnzimmer lag und weinte. Lina senkte den Kopf tiefer. Nun stand Papa dort hinten schon wieder mit Grete. Lina sah im Geist einen Herrn aus der Stadt vorbeigehn und lächeln. Sie hörte, wie sie's schon einmal gehört hatte, mehrere Bauern, kaum daß sie weit genug fort waren, ihrem Vater fluchen. Sie schüttelte sich: nein, nein! Vieles, was ihr Vater tat, geschah nur wider seinen Willen, wider sein Herz. Er war aus der großen Welt entflohen, hatte die Einsamkeit, die Wahrheit und sein Herz gesucht – und er selbst war er nur, wenn er Menschen beglückte, wenn er seinem Kinde von einfacher Güte und natürlicher Alliebe sprach!

Lina schloß das Gartenzimmer auf, worin sie ihre Tage verbrachte, die Bücher führte, am Schalter die Käufer und Verkäufer empfing. Sie setzte sich und schrieb an ihre Erzieherin.

»Nun mußt auch Du bekümmert sein. Wie mich Deine

Worte traurig gemacht haben! ganz traurig. Sicher ist's nicht wahr, daß immer die Straße dunkel ist und das Ende, der Tod, noch dunkler. Wie wertlos wäre es da, zu leben! Welche Aufgaben blieben uns! Und wir haben doch große Aufgaben; der Unbedeutendste unter uns kann für Größeres erwählt sein. Glaubst Du das nicht, Maria? Ich fühle es so tief; weiter weiß ich nichts zu sagen. Wohl trage ich vieles im Sinn, aber es ist ein unerklärliches Labyrinth. Warst Du einmal in solch einem Zustand? Wünschen will ich ihn Dir nicht, denn oft ist er quälend, und man muß sich zusammennehmen gegen dies ewige Träumen.«

Lina stützte den Kopf in die Hand und regte sich nicht. Endlich schrieb sie weiter.

»Lies diesen Brief ruhig, Maria; ruhig und still und langsam, wie ich jetzt denke. Ich bin allein, und es ist ein wohliges Gefühl in mir, ich weiß nicht woher. Wir haben einen Gang gemacht, Grete und Herr Roland und ich. Herr Roland spricht sich jetzt freier aus; ich erkenne, daß er ein sehr guter Mensch ist, der darunter leidet, daß er nicht glauben, seine eigene Güte nicht gewähren lassen kann. Wie gern ich ihm helfen möchte! Welche Aufgabe wäre dies! Und doch möchte ich nicht vorwärts, nichts erleben. Wie wunderbar! Denke ich an Schmerzen, an Dinge, die weh taten, ist's wie ein duftiger Schleier vor mir, daß alles ruhig aussieht; und denke ich an Freuden, vergangene oder künftige, kommt mir nur ein stilles Lächeln.«

Alles war gut; Roland irrte; nur guten Menschen war Lina begegnet. Da fiel ihre erste Bonne ihr ein; jene, die sie gegen ihre Eltern aufgehetzt, die Eltern verleumdet, sich durch verbotene Vergnügungen bei ihr eingeschmeichelt, sie zum Belügen der Eltern angehalten hatte. Was für ein grauenvolles Leben damals! Das Kind, durch immer neue Verbrechen an die Verführerin gefesselt, war mit Schrecken zu jedem neuen Tage erwacht, war, dumpf und sich selbst unheimlich, den Eltern ausgewichen. Als die Bonne fortging, hob sich der Alp, und bald war alles vergessen. ›Nie habe ich daran gedacht, zu gestehen und zu bereuen. Wie ist das möglich! Mama ist gestorben in dem Glauben, ich habe sie immer lieb gehabt; Papa glaubt es noch, und ahnt nicht, welch schlechtes Kind ich einst war und daß ich ihn hundertfach belogen habe. Und über ihn mache ich mir Gedanken! Möchte ihn richten! Oh, er muß sogleich alles erfahren!‹

Draußen hingen die Pappeln voll Abendröte; der See grollte noch; das Ende der Wege verlor sich schon in Dämmerung, und die Hüter der Weingärten auf entfernten Hügeln begannen einander ihren klagenden Ruf zu senden. Clemens stand im Maisfelde, hatte einem verspäteten Arbeiter die Hand auf die Schulter gelegt und redete liebevoll auf ihn ein. Er kam zu seiner Tochter.

»Er wird morgen schon um fünf anfangen und andere mitbringen. Wie leicht die Menschen zu behandeln sind, wenn man gut mit ihnen ist! Laß unsere Mädchen bei der Bootstreppe baden! Nur nicht in der Hütte; die Leute sind schmutzig.«

Lina hatte nichts gehört. Sie schluckte trocken hinunter und begann ihr Geständnis. Der Vater sah sie im Halbdunkel bleich wie Nebel, mit den angstvoll erweiterten Augen, zum Umsinken erregt. Rasch legte er beide Arme um sie her, im Drang, sie zu erwärmen, ihr Kraft mitzuteilen.

»Mein Kind, mein armes, gutes Kind, das sind uralte Geschichten, die zu der Lina von heute gar keine Beziehungen mehr haben. Wenn wir so weit zurückrechnen wollten, was bliebe von uns allen übrig! Du bist zu gut, zu fein; man kann sich schließlich schaden!«

Und durch stürmisches, unermüdliches Herzen seines Kindes suchte er die eigene Furcht niederzudrücken. Aber sie stieg auf. Hatte er recht getan, der Welt, deren er selbst überdrüssig geworden war, auch dies Kind zu entziehen?

Sie einsam und zu einer Ausnahme zu machen? Ihr Ideale aufzupfropfen, unter deren Früchten ihre schwanke Seele zu brechen drohte? ›Sie ist überzarten Herzens schon von ihrer Mutter her. Wie sie zittert! Wie sie sich peinigt!‹

»Lina, gute, liebe Lina, sag doch nicht mehr, daß du böse seist. Du weißt ja nichts, kennst nichts, kannst nicht ahnen, welch ein Engel du bist!... Wir wollen ins Haus gehen und essen. Mein Töchterchen ist lieb und gut.«

Die Worte, die er wiederholte, halfen ihm über seine Besorgnisse hinweg. Er blickte umher, machte heitere Bemerkungen. Plötzlich, zorngerötet:

»Ah! Das Mistvieh! Die hat's! Die hat's!«

Vor dem Drahtgitter des Hühnerhofs lag eine tote Ratte.

»Dich will ich lehren Eier stehlen. Neulich bin ich wahrhaftig darüber zugekommen, wie eins dieser Viecher auf dem Rücken lag, ein Ei zwischen den Pfoten, und die andere zog es am Schwanz fort, wie einen Karren. Schlau seid ihr; aber wir sind auch nicht dumm. Diesmal war Strychnin in der Polenta; das wirkt besser als Arsenik. Da schau, kaum einen Brocken hat sie fressen können.«

Lina erschauerte, in ihr sprach es: ›Auch Roland wird sterben.‹

»Ich kann das nicht sehen«, stammelte sie. »Wenn du mich lieb hast, Papa, tue das nie wieder!«

Sie konnte nicht essen, konnte nicht schlafen. Sie lag auf ihrem Schlafdiwan an der Brüstung der offenen Veranda. Die schwüle dunkle Luft schlug in langsamen, schweren Wellen zu ihr herein; und ihre Gedanken schwammen auf den ebbenden Wellen angstvoll in die Nacht hinaus. Die Zypressen vorm Hause knarrten. Vom See kam das Kreischen der badenden Mägde. Dann und wann strich eine Fledermaus im Zickzack über Linas Bett hin. Lina suchte nach Trost. ›Auch ich bin schlecht; auch ich kann ohne die Wahrheit leben; und alles wäre verloren, wenn nicht Roland wäre! Ihn retten, rettet auch mich!‹ Der Gedanke erfüllte sie mit Seligkeit. Sie hing ihm lange nach, drehte sich oftmals seufzend herum. Da fiel ihr ein: ›Mein Gott, warum grade ihn? Warum nicht ebensogut jenen dem Trunk ergebenen Vater des Ladenmädchens bei Bertanza? Und die Frau, die ihr Kind schlug? Und den Knaben, der stahl, und alle übrigen, und die sorgenvolle, mißtrauische Matrone, die uns auf der Landstraße entgegenkam? Wie liebenswert sie war! Warum steht vor meinem Sinn nur der eine Hilfsbedürftige?‹

Ihr Kopf war schwer. ›Das ewige Träumen!‹ dachte sie. Ein Gefühl innerer Fülle bereitete ihr Qual; die Gelenke waren empfindlich, sie mußte immer hintasten; und ihre Unruhe wuchs und wuchs.

Sie erhob sich und stieg in ihrem Hemd die Freitreppe hinab. Grüngoldene Lichtchen durchirrten die Luft und stirnten Weg und Wiese. Die lange Weinlaube war wie ein Feuer gefaßt. Nun glühte es schon in Linas hängenden schwarzen Flechten. Wo sie vorüberkam, erwachte leis in den Büschen ein Zwitschern und Girren; schallend zirpte es auf den Feldern und quakte es in den Gräben; singende Menschenstimmen drangen von den Schenken am See und aus Booten zu Lina; und der Garten, den sie durchwanderte, war erfüllt von Millionen Wesen, die sie begrüßten, ihre Wangen streiften, Liebe von ihr heischten. »Euch alle hab ich lieb«, stammelte sie; und dabei war vor ihren Sinnen das Bild des einen. Sie glühte im Dunkeln, seufzte und irrte umher, verstört, peinvoll und selig. Der Scheinwerfer, der die Ufer des Sees nach Schmugglern durchsuchte, schoß von Zeit zu Zeit sein grellweißes Licht durch den Garten. Einmal verweilte es eine Sekunde auf Lina; und sie legte die Augen in die Hand und fühlte ihr Gesicht noch heißer werden.

Sie gelangte zur Bootstreppe; die Mägde waren fort; und da streifte sie, aufseufzend, das Hemd ab und stieg ins Wasser. Welche Erleichterung! Wie sie sich geborgen fühlte in der dunklen Flut, unter dem dunklen Himmel! Sie stand vor der Weidengruppe, tauchte, übers Wasser gebückt, die Brüste ein und ließ den Seewind ihren Nakken bestreichen. Plötzlich richtete sie sich hoch auf, warf den Kopf zurück und reckte, mit einem jubelnden Stoß, beide Arme gen Himmel.

Da machte der Strahl des Scheinwerfers eine jähe Wendung und traf grell die Badehütte. Lina hörte einen Schrei; erschreckt fuhr sie herum. Die Hütte lag schon wieder, kaum erkennbar, im Dunkel, auf dem Ufervorsprung, am andern Ende des Gartens.

›Was habe ich gehört? Das war Gretes Stimme! Was tut sie hier?‹

Auf einmal sah sie Gretes Gesicht wieder, als Grete von Roland die Frucht haben wollte, die Lina ihm geschenkt hatte; hörte sich selbst sagen: »Geben Sie sie ihr!« und ward bei der Erinnerung von Zorn und Angst ergriffen. Sie erblickte Grete neben Roland auf der Landstraße, und wie er sich zu ihr neigte; fühlte sich von neuem in solcher Unruhe, wie sie's die ganze Zeit gewesen war, als die beiden hinter ihr und ihrem Vater zurückblieben.

›Er ist bei ihr! Sie sind aus dem Nachbargarten herübergestiegen und sind nun beieinander in der Hütte!

Ist es möglich? Solche Gedanken kommen mir? Was geschieht mit mir? Mein Gott!‹

Sie flüchtete. Sie ergriff ihr Hemd und flüchtete in das Gebüsch hinein.

›Dennoch war es ihre Stimme!

Oh, ich bin schlecht! Wenn ich nun hingehe, mich beschäme und alles leer finde: was wird aus mir?

Ach, lieber jede Scham als diesen Zweifel!‹

Immer wieder trat sie, näher oder entfernter, an den

Rand der Büsche und spähte nach der Hütte aus. Immer wieder entfloh sie. Endlich stand sie nahe genug, um die beiden Stimmen zu unterscheiden.

»Ganz gewiß liebst du nur mich, und nicht Lina?« fragte Grete; und Roland sagte: »Ganz gewiß nur dich.«

Lina kehrte um. Sie lief nicht mehr; sie achtete nicht mehr auf den Weg, stieß sich an Kieseln die Füße wund, zerriß sie sich an Dornen.

›So steht's mit mir: ich liebe einen Mann, das ist alles; und der liebt nicht mich... liebt nicht mich... liebt nicht mich.‹

»Was willst du?!« schrie sie zornig los, als ein großer Vogel, im Gebüsch plump aufflatternd, gegen ihre Hand schlug.

»Du liebst mich nicht! Ihr alle liebt mich nicht!« sagte sie, weh und wund, zu den Tieren, die raschelten oder riefen oder leuchteten. »Was wollt ihr von mir? Auch ich liebe euch nicht... Wie die Betrunkenen schreien!«

Ihr erschienen alle die zerstörten, fahlen oder blauroten Gesichter, mit der Flamme des Alkohols in den Augen. Sie sah wieder die gierigen, ungütigen, grausamen und stumpfen Mienen der Menschen, an denen sie heute in der Stadt vorübergegangen war. Das alles lebte dahinten weiter, war häßlich, krank und böse; denn das war es – ›und ich bin hier und bin dasselbe kleine Mädchen, das auf sie zugehen wollte und sie durch ein Wort zur Einkehr bringen und gutmachen. Welch eine Närrin ich war! Güte? Liebe? Es gibt keine! Mein Vater ist böse. Ich bin böse. Böse sind jene beiden dort hinten. Keine Tat keines Helden vermöchte uns alle zu erlösen. Nur mein ewiges Träumen ist schuld, daß ich es glaubte – glauben konnte, mit meinem einen Herzen wünschten alle die vielen sich eine erlösende Tat. Denn es gibt keine!‹

Sie stieß gegen etwas, das klapperte, und erkannte den Teller mit der vergifteten Polenta.

›Das ist's: eine dunkle Straße, und das Ende, der Tod, noch dunkler.‹

Dabei warf sie sich, aufschluchzend, auf den Ackerrand; und zusammengekrümmt unter ihren Haaren, die Stirn in der schwarzen Erde, weinte sie. Mattes Fächeln ging über sie hin; die Erde unter ihr duftete faul; die Zypressen vor dem Hause knarrten, kurzatmig klappten in der Ferne die Wellen ans Land.

Lina lag schon längst ganz still. Etwas schrill und fein Pfeifendes kam an ihrem Ohr vorbei. Sie zuckte leise zusammen. Eine Weile später richtete sie sich auf und sah eine Ratte bei dem Teller mit dem Gift. Lina klatschte in die Hände, das Tier lief weg.

›Wie schrecklich! Kaum ist die erste fortgeschafft, und schon geht eine zweite in den Tod. Der Tod hockt dort am Boden und wartet; und sie kommen zu ihm. Ich mag in die Hände klatschen: sie kommen wieder. Ich mag den Teller wegnehmen: es wird ein anderer hingestellt.‹

Die Ratte wagte sich nochmals herbei: mißtrauisch, ruckweise stehenbleibend und umsichtig weitertrippelnd, mit dem bedrückten, emsigen und plumpen Getrippel einer armen Matrone, die daheim viele hungernde Mäuler zu stopfen hat. Lina sah: dies war jene graue Matrone von der Landstraße! Lina schnellte empor; und obwohl ihre Lippen fest geschlossen blieben, glaubte sie durch dies Emporschnellen einen Jubelruf ausgestoßen zu haben.

»Ihr sollt nicht sterben! Nicht unerlöst sollt ihr sterben!«

Sie stand da, in ihrem Hemd und ihren Haaren, auf ihren nackten Füßen, vor dem schwarzen Acker und umglüht von grüngoldenen Lichtern. Eine himmlische Leichtigkeit und Helle war in ihr; sie fühlte sich ganz frei, alle Glieder gelöst, und dehnte sie langsam, wie zum Auffliegen. Den Fuß schon erhoben, sah sie sich mit einem strahlenden und dennoch schamhaft zärtlichen Lächeln nochmals um. Hinter ihr war, in märchenhaftem, grüngoldenem Leuchten, ein unabsehbarer Zug von Menschen. Die kleinen Hausfrauen aus den Steinlauben waren da und die Schiffer; der Schmuggler, der Dieb und der Trunkene; und die Frau, die ihr Kind schlug, vereint mit der, die ihres küßte; und Linas Vater; und, Schulter an Schulter, Grete und Roland.

Lina setzte den Fuß an. Sie tat einen gleitenden Schritt, einen strengen und heiteren Tanzschritt. Sie gelangte zu dem Teller, hob ihn mit einer glücklichen, raschen Bewegung vom Boden und führte einen Bissen an die Lippen.

Der Unbekannte

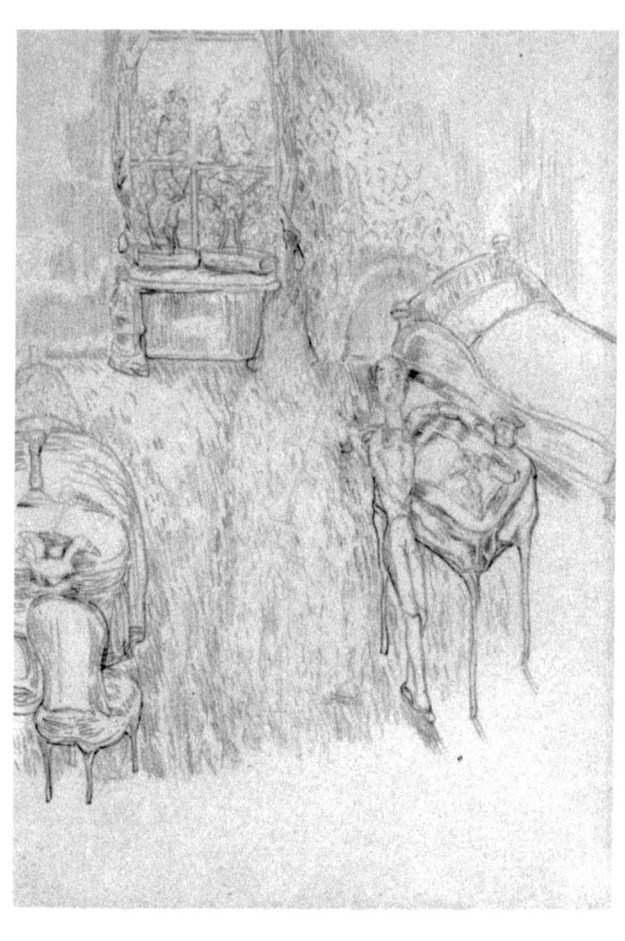

Zeichnung Heinrich Manns zum Jahr 1883
[vgl. S. 35: »Ein zerrüttendes Laster...«]

I

Betäubt von sechs Schulstunden trabt durch die winkeligen Straßen ein Knabe: ein gewöhnlicher Bücherträger, der hier und da ausweicht, um einen Lehrer nicht grüßen zu müssen, dann und wann errötend den Hut abreißt vor einem kleinen Mädchen, mit dem er getanzt hat. Die Gassen steigen und fallen; der Knabe bedenkt, daß er jetzt, entgegen sämtlichen Gesetzen, sich etwas Glück stehlen wird, ein Stück Marzipan kaufen wird, obwohl es ihm den Magen verdirbt, und aus der Leihbibliothek etwas holen, auf dessen Genuß schließlich auch bloß Jammer folgt. Denn das Leben ist zu sehr verschieden von dem, was er meint, was er als Ahnung in sich spürt. Die Bücher, die er sich leiht, versagen auch und brauchen eine Ergänzung: weshalb er zeichnet. Zu Hause in seinem grünen Parterrezimmer, das Efeustöcke an den Fenstern heimlich machen, wartet auf ihn ein Kasten mit Wasserfarben, etwas rauhes Papier, einige Flaschen bunter Tusche; daran denkt er mit einer so lasterhaften Gier, daß ein vorübergehender Bürger sich fragt: ›Was macht der Junge für Augen?‹

Ein zerrüttendes Laster; denn die Zeichnung, die er, gesprengt von Herzklopfen, fertiggemacht hat, er legt sie, eine Stunde später, als halbtotes Ding in das Pult. Mit jeder Minute, die der Blick in ihr wühlte, ist sie unzulänglicher geworden. Wenn er sie heute wieder hervorreißt, wird er sie nicht einmal mehr erkennen. Die Träume sind alle vergeblich. Eine Insel aus Rosenblättern trägt einen auf rätselhafte Art einen hohen Atemzug lang. Da taucht sie unter; man ertrinkt. Täglich wieder muß man ertrinken.

In der Schule gelingt es ihm manchmal, einen Lehrer so zu sehen, als hätte er noch nie mit ihm zu tun gehabt. Furcht und Haß fallen ab; er bemerkt: ›Also dies Wesen, dies arme Wesen!‹ Und der Knabe, der nichts weiß, nichts belegen kann, hält in seinem Sinn auf einmal die Gesamtheit solcher Handwerkerexistenz.

Zu Hause klappen die Türen von Besuchen. Oft ist noch des Nachts die Luft warm und dick von Menschen; Gerüche aus Bärten und Ballkleidern verwickeln sich mit denen, die der Küche entsteigen. Musik dringt in sein Zimmer und stapft durch die Dunkelheit, in der er liegt, Tanzschritte schleifen über seinem Kopf. Manchmal das Kreischen einer Frau, auf der Treppe vielleicht; eine schnarrende Offiziersstimme; auch Rütteln am Türgriff. Rüttelt ihr nur, hier ist's für euch zu Ende, ihr als Balldamen verkleideten Wirtschafterinnen, ihr uniformierten Turnlehrer. Wenn ihr wüßtet, was ihr hier, in dem kleinen dunklen Zimmer, für eine lächerliche Entlarvung erfahrt und wie euer Anspruch darauf, Eleganz, Schönheit, hohes Leben darzustellen, hier zu kläglicher Schande wird. Ein fünfzehnjähriger Pennäler, werdet ihr sagen. Jawohl; und das Tragische ist eben dies, daß er sich, begegnete er einem von euch im Flur, in fliegender Scham über den Hof retten müßte und daß es höchst alltäglich um ihn zu stehen scheint.

Aber drinnen ist alles anders, als ihr es sehen könnt, und der gewöhnliche Bücherträger, den jeder von der Wiege her kennt, ist ein Fremder, gestern mit dem Schiff eingetroffen und jeden Tag zur Abreise fertig. Er ist irgendwie verwandt dem Albert Bishop, der, unbesorgt um Zeugnisse, ein paar Schulstunden mitmacht und, wenn er nach eigenem Ermessen genug Deutsch kann, sein Gastspiel abbrechen und das folgende Land aufsuchen wird. Für diesen Engländer muß die Welt einen andern, bunten und zauberhaften Sinn haben. Dort ist es nicht Schicksal, daß einem zwischen acht und eins nichts freisteht außerhalb der Schulmauern; die Stadt ist offen, es führen Wege, gelassen beschreitbar, über alle Grenzen hinaus; Dinge, greifbar wie ein Schulbuch, liegen in China oder Transvaal. Und in der Tat, wenn Bishop einundzwanzig ist: – es gilt dann gleich, wieviel er geschwänzt, wie oft er »Ungenügend« hat; eine Sprachprüfung muß er in London bestehen, dann wird er Dolmetsch bei einer exotischen Gesandtschaft. Solche freien Lebensläufe gibt es – indes man hier um den Einjährigen dient und weiter um das Abiturium und weiter um Gott weiß was.

Denn wohin dies einmal führen soll, weiß so gut wie niemand. Es ist doch wohl ausgeschlossen, daß solch ein Mensch, der im eigenen Elternhaus vor den Leuten davonläuft, der Marzipanessen und Zeichnen wie ein Laster treibt, der das Gemeinverständliche nur halbwach über sich hingehen läßt, mit seinen Füßen überall auf leere Luft tritt, an den Menschen nicht haften kann und sich fortwährend klein machen muß, damit es nicht herauskommt, wie es anders um ihn steht: es ist doch wohl ausgeschlossen, daß er einst erwachsen, tauglich und eingereiht sein wird. Er wird nicht älter werden, als er ist: was sollte er noch? Dies verträgt keine Zukunft. An seinem vorigen Geburtstag, abends im Bett, hat er mit der Hand sein Herz befühlt, tiefstill von Erkenntnis: ›Wie sonderbar, daß ich noch lebe!‹

II

Wo der Weg sich teilte und es rechts zum Konditor, links nach Hause ging, traf Raffael auf Albert Bishop.

»Nun? Heute hat er gesagt: Laß ihn laufen. Ich hab gesagt, du hast Kopfweh.«

»Es ist mir gleich, was euer Lehrer sagt. Ich bin heute

morgen um fünf Uhr bis nach Schlutup gelaufen, an die See. Keinen Kaffee: das ist eine Willensübung. Mehr wert als die Zahlen der Punischen Kriege.«

»Kann sein. Aber er will, daß du weggejagt wirst.«

»Das soll er tun. Er ist nicht der einzige, von dem ich Deutsch lernen kann. Jetzt gehe ich und nehme im Austausch gegen Englisch eine Stunde von einem jungen Kaufmann. Heute abend habe ich im Austausch Spanisch und Französisch... Warum schielst du nach zwei Seiten, wovor hast du wieder Angst?«

»Ich möchte... Ich vertrage den Marzipan nicht.«

»Dann ist es deine Sache, ihn nicht zu essen. Ich vertrage ein halbes Kilo. Wetten?«

»Eine Wette, bei der du Darmverschlingung kriegen kannst?«

»Ich würde gleich mit dir wetten. Du wirst selber aufpassen, daß du sie nicht kriegst.«

»Komm mit nach Haus. Was soll man anfangen? Es gibt Tage, wo das Leben übertrieben flau ist. Zu Bett gehen; weiter hilft nichts mehr.«

»Verrückt. Lauf um fünf nach Schlutup! Was hast du wieder für ein dummes Ding in der Hand? Ich lese so was nicht. Ich lese jetzt nur Altes: unsere Dichter vor Shakespeare. Das ist sehr schwierig.«

»Was sagen sie denn?«

»Sie sind sehr schwierig... Soll ich morgen früh kommen und sie dir zeigen?«

»Sonntag? Da schlaf ich aus.«

»Ich stehe früh auf und gehe zur Kirche. Montag, wenn es mir gefällt, schlafe ich bis zwölf. Adieu, bleibe vor deinem Hause stehen und höre zu, wenn ich nebenan eingetreten bin und heule: ob es nicht genauso klingt wie ein Nebelhorn.«

III

Es klang wirklich so, und die Ähnlichkeit beschäftigte Raffael tief. Plötzlich fiel ihm sein Malkasten ein; er dachte: ›Ist es möglich! Solche Albernheit!‹ Und er eilte heim. Ein Blick ins Pult, auf die angefangene Zeichnung? Nein, nein; aufsparen. Vielleicht war diesmal etwas daran geblieben. ›Und ich weiß weiter. Und ich habe den ganzen Sonntag. Bis morgen abend sind dreißig Stunden.‹ Eine zauberträchtige Unendlichkeit! Bloß noch das zweite Frühstück herunterholen; nichts von Belang lag zwischen ihm und dem Glück! Und er stürmte der Treppe zu.

Da, ein Rauschen droben. Ihm zuckten alle Damen der Stadt durch den Kopf, die rauschten. Welche immer nun aus dem Eintrittszimmer hervorkam, sie war furchtbar. Innerlich hatte er schon einen Satz in den Hof getan. Seine Erfahrung hielt ihn zurück: ›Wozu? Dann schäme ich mich erst recht, weil ich weggelaufen bin. Besser, es aushalten. Sich denken, es sei gar nichts: dann ist es nichts. Nachher, was auch geschehen sein mag, sitze ich wieder in meinem Zimmer.‹ Dies hatte schon mehrmals geholfen.

Jetzt aber stand dort oben und lächelte eine, gegen die, er sah es gleich, nichts half. Sich an die Wand drücken; ihr Lächeln, dies nie erlebte Lächeln, mechanisch nachzumachen suchen; nur eine Grimasse zustande bringen; Glieder und Geist erschlafft, sie über sich ergehen lassen: weiter blieb nichts zu tun beim Hereinbrechen dieser Fremden. Wie entsetzlich rasch es ging! Als ob man auf allen Seiten Feuer hatte, auflodernd, zusammenfallend. An der Seite, woher sie kam, spürte man es erst richtig, wie sie es schon drüben anzündete. Sie hatte längst den Flur hinter sich, warf die Haustür zu – und da lehnte man noch, eine verkohlende Fackel. Jetzt erst wirst du gewahr, daß dich inmitten der Feuersbrunst ein spitzer, eiskalter Schreck getroffen habe, weil sie dir in die Augen gesehen hat und dabei vielleicht etwas langsamer gelaufen ist. Wie hätte es geendet, wenn sie gesprochen hätte?

Er stieg, gesenkten Kopfes, hinauf und holte sein Brot. Feuchte Diebsaugen! Das waren sie gewesen, in gekniffenen Lidern: abgefeimt – und dann, auf einmal aufgerissen, schrecklich sanft... ›Nun schließ ich mich in mein Zimmer ein, und nichts ist geschehen. Einfach öffne ich das Pult‹... Ihrem Mienenspiel konnte man mit dem Blick nicht nachkommen. Ihr Gesicht, schattenblaß im schwarzen Haar, bestand aus lauter kleinen weichen Mienen, die sich überkugelten... ›Die Schmiererei hier ist nicht mehr zu brauchen. Gestern wußte ich noch nicht, was es gibt... Was sie mir wohl gesagt haben würde. Mir? O mir! Gott, was ist geschehen! Diesmal ist etwas geschehen! Ich kann nicht mehr!‹

Und er gab es auf, überantwortete sich mit geschlossenen Augen der Scham, der mühsam hintangehaltenen.

›Wie hab ich mich wieder benommen! Konnte ich diesmal nicht alles gutmachen? Die anderen Damen verachten mich, die Schafe. Da kommt eine Fremde, eine wirkliche Dame, geboren elegant, keine verkleidete Wirtschafterin. Niemand kann sagen, woher es sie geweht hat; morgen ist sie wieder weg; – und ich hätte dann immer denken können: Was wißt denn ihr! Da war, einen Tag, eine kleine Göttin, unsäglich rasch und klar und fein – und mit der bin ich ausgekommen, bei der hab ich mich nicht blamiert. Denn zu der gehöre ich. Mit euch weiß ich bloß nichts anzufangen... Dann hätte ich Ruhe gehabt. Und nun!‹

Er fühlte sich wieder, in voller Gegenwart, an der Treppenwand, geschlagen und blöde – und um ihn her, an ihm vorbei, ihre übergewandten Bewegungen, ihre wasserschnellen Mienen, dies helle, leichte Wesen! Er schüttelte sich, riß sich heraus – und zwei Minuten später ertappte er sich wieder mitten darin.

›Der Sonntag ist verdorben, alle Sonntage sind verdorben; ich werde nicht mehr zeichnen können. Zeichnen? Das ging wohl, solange noch nicht sie gekommen war. Da wußte man nicht, was es gibt, und konnte sich etwas einbilden. Jetzt ist es heraus, und ich bin ganz schrecklich unglücklich. Zum Staunen ist es, wie unglücklich man sein kann! So sehr, daß man es gar nicht mehr anders möchte, sich niemals mehr vom Fleck rühren möchte. Ich will, daß sie mich nie wiedersieht, daß ich hier immer sitzen bleiben und mich, allen verborgen, schämen darf, weil sie mich gesehen hat. Aber ich muß aufstehen und muß hin, wo sie ist: das ist das Schlimme. Muß groß werden, zu ihr sprechen, machen, daß sie mich liebt. Wenn es sie nicht gäbe, wäre alles gut; aber nun es sie gibt, muß ich sie lieben: wie schrecklich – und muß machen, daß sie mich liebt.‹

Auffahrend, erbittert, zu sich selbst:

›Du weißt doch, daß das unmöglich ist! Warum mutest du mir das zu!‹

Und über sein Pult geworfen, das Gesicht auf den Händen, mit Flüstern, unter Schluchzen:

»Sie ist zu schön, sie hätte nicht kommen dürfen!«

IV

Beim Essen, um vier Uhr, sagte die Mutter einfach:
»Frau Konsul Vermühlen war auch da.«
»Ohne ihn?« fragte der Vater.
»Ja. Ich hatte sie neulich gebeten. Um zu sehen, wie sie ist... Nun, es geht. Daß sie noch kein Wort Deutsch kann, ist langweilig. Ihr Französisch ist auch nur schlecht. Ein bißchen Komödiantin scheint sie zu sein, das sind sie dort unten wohl alle. Daß sie dadurch größeres Vertrauen einflößt, kann man nicht sagen.«
»Vermühlen wird wissen, was er getan hat«, vermutete der Vater. Die Mutter dagegen:

Zeichnung Heinrich Manns zum Jahr 1877

»Meinst du?«

Ein Seitenblick auf Raffael, und sie verstummte.

Raffael dachte, hinter seinen gesenkten Augen: ›Sie bleibt in der Stadt. Als sie die Treppe herabkam, war es also nichts Einziges: so wird sie noch oft herabkommen, gerade wie alle anderen Damen. Natürlich. Daß sie heute mittags um ein Uhr plötzlich von irgendwo hergeweht sein und um halb zwei wieder verschwinden sollte, das konnte auch bloß ich glauben. Was ist es mit mir, wenn ich auf so etwas verfalle und gar nicht mehr davon wegfinde? Nein, ich bin nicht in Ordnung...‹

Da fragte der Vater nach den Erlebnissen in der Schule. Die Mutter fiel ein:

»Ach ja. Du bist nach Haus gekommen, wie Frau Konsul Vermühlen wegging. Hast du auch anständig gegrüßt?«

»Nein. Ich habe sie nicht gesehen«, sagte Raffael fest und sah die Eltern nacheinander an. Das war keine Lüge: es war eine Abwehr, und sie kam ihm zu. Eine Frau Konsul Vermühlen hatte er nicht gesehen; und was er gesehen hatte, war seine Sache – oh, nur seine!

V

Er wußte: ›Ich muß sie wiedersehen‹; und: ›Es ist schrecklich, daß ich das muß.‹

Er schlich gegen Abend, mit einem angstvollen Druck im Unterleib, vors Tor. Von weitem schon sah er auf dem Balkon der Vermühlenschen Villa, zwischen rotem Weinlaub, zwei Gestalten, von denen die eine an der anderen lehnte. Raffael kehrte um, dumpf, ausgelöscht – und dadurch beinahe beglückt. ›Gott sei Dank, ich brauche nichts zu tun.‹

Wie er aufwachte und es Sonntag war, kam ihm an seine

Malerei nicht einmal eine Erinnerung; er ging auf die Straße, trieb ratlos im Zuge der Kirchgänger mit und gelangte mit Herzklopfen hinter einen Pfeiler in der Jakobikirche. Hier hätte sie sein müssen – aber nach langem Warten kam nur ihr Mann. Wie denn? Es war gar nicht Frau Konsul Vermühlen, sie, die Raffael erblickt hatte! Die war längst abgereist, aus der Welt verschwunden! Zerstört entkam er; – und erst am Nachmittag, als in einem Buch die Bartholomäusnacht erwähnt ward, sah er: ›Sie konnte nicht dabeisein, weil sie katholisch ist. Ehe ich auf so etwas Einfaches stoße, muß ich durch das Verrückteste hindurch. Ja, nun ist es schön: sie gehört nicht dazu; zu keinem hier gehört sie. Hier weiß niemand, was in ihrem Kopf ist; was sie früher »dort unten«, wie Mama sagt, mit ihren Augen aufgenommen hat und mit ihren Ohren. Sie kann hier nur in einer Hilfssprache stammeln, und die, aus der sie übersetzt, hört keiner. Ach, ich selbst nicht! Wenn sie gestern – ist's möglich, war es erst gestern? – etwas zu mir gesagt hätte, ich würde es nicht verstanden haben! Stelle dir das vor: sie – sie hättest du nicht verstanden! Und sie nicht dich! Sie kann also nicht erfahren, daß wir etwas miteinander zu tun haben; daß wir – aber bis da hinab reiche ich selbst nicht, es ist zu tief – Verwandte sind? Nein, sie wird mich nicht kennen, niemals. Wie das schlimm und süß ist!‹

VI

Am Montag nach der Schule strich er, sorgenvoll ausspähend, in den Hauptstraßen umher. Da trat sie aus einem Laden; Raffael starrte auf sie hin, gelähmt, zum Sterben bereit, wenn sie ihn sähe. Aber sie sah nicht, und eine Weile darauf folgte er ihr im Gedränge des Marktes. Sie hatte eine Magd hinter sich, die wendete sich einmal nach ihm um. Einmal auch machte sie selbst Miene, den Hausflur zu betreten, worin er sich versteckt hielt und durch den Türspalt lugte. Nein, sie hatte sich geirrt und setzte ihren Weg fort; und er ergab sich in das Nachschleichen und in immer neue Aufregungen.

Auch am Dienstag ergab er sich darein, an allen Tagen; und wenn er, kaum rechtzeitig, zum Essen heimkam, war er erschöpft, wie nach dem Überstehen großer Gefahren. Unter seinen Lidern bewegte sich, auf deutlich zu verfolgenden Hintergründen, ihre Gestalt, nacheinander von allen Seiten, mit den Falten des Rockes, die sich veränderten, mit ihren Fußstapfen auf dem feuchten Pflaster! Nun sah er von ihrem Gesicht bloß, braunblaß, die halb weggebogene Muschel einer Wange; und neben der Hüfte erschien die Innenfläche einer Hand und das genaue Spiel der Fingerchen mit den kleinen hellen Nägeln in der dunklen Haut. Da wendete sie sich um, bezahlte einen Verkäufer – und kam, beide Augen groß und schwarz, gerade und unentrinnbar auf Raffaels Versteck zu. Er entwand sich dem Alp.

Nachgerade wußte er alle Häuser, die sie betrat, jeden Besuch, den sie machte, und auf Wochen im voraus die Gesellschaften, in die sie gehen sollte. Seine Eltern, gleichfalls geladen, hatten davon gesprochen. Er hatte spioniert. Der Abend war da, Raffael lag im Bett, Papa und Mama fuhren soeben davon. Die Räder ihres Wagens hatten sich noch nicht zum erstenmal umgedreht, da riß er schon wieder seine Kleider vom Stuhl. Er entwendete aus der Küche den Hausschlüssel, stürzte vor das Stadttor und stand im Schatten eines Baumes, nah und ungeahnt, während ihr kleiner, seidener Fuß mit festem, schlankem Tritt in die Kutsche schlüpfte. Dann lief er mit, nahm Abkürzungen, kam rotgefleckt und fliegenden Atems vor dem Festhause an, hielt sich, verborgen im Rudel des gaffenden Volkes, zum zweitenmal dem Feuerregen ihres Anblicks hin – und hatte schließlich, zurück auf seinem Lager, in den ausgestreckten Gliedern noch immer das Gefühl des Sausens durch Märchenreiche.

VII

Nur in den Stunden zwischen acht und eins durfte er von ihr nichts wissen. Es waren die verschlossenen Stunden; höchstens ein Abenteurer wie Albert Bishop durchbrach das Gesetz und erfuhr, wie in dieser Zeit die Welt aussah. Die Welt hätte den stolzen Raffael nicht versucht – die ganze Welt nicht; aber auf einem Balkon, ein paar Schritte breit, oder in dem Spalt, der sich, einen Windzug lang, in einer Gardine öffnete, konnte eine Gestalt erscheinen: und das nötigte ihn zu Wagnissen. Er durfte aus ihren frühen Tagesstunden nicht fern sein. Daß in seinem Kopf ihr Morgenbild fehlte, hielt er nicht aus. Wieviel Pein, welchen Zauber konnte sie in das Zeitmaß gießen, das er verlor, täglich verlor. Allmählich hatte er in der Schule ein so erdrückendes Gefühl vergeudeten Lebens, als seien seine Adern offen und alles flösse davon.

Endlich entschloß er sich und schilderte dem Ordinarius die entsetzlichen Zahnschmerzen, die er ausstehe. Vor Aufregung sah er in Wirklichkeit schmerzverzerrt aus und ward weggeschickt. Es war zehn Uhr, als er vor das Tor gelangte, im Hintergrund des bereiften Gartens stand die Terrassentür der blassen Sonne offen, und Gesang scholl heraus. Sie sang und ging im luftigen Zimmer umher! Hatte er denn erwartet, sie werde hinter dem wattierten Fenster beim Lampenputzen sein? »Oh, ich weiß doch...« Er stahl sich durch das Gitter, über die Wege, und, am Rande der Terrasse, hinter den Steinkrug, woraus schwarze Reben mit Schneepelzen hervorkrochen. Von da sah er alles: ihre winzigen Gesten an den Dingen im Zimmer; den Feuerschein vom offenen Kamin in ihren Augen und den Sonnenschein auf ihrem Haar; bei ihren wilden kleinen Wendungen das langsame Schwanken ihres dicken weißen Gewandes, das sie mitzureißen schien, und ihren ausgestoßenen Atem, sooft sie sich der Tür näherte: ihren tönenden Atem.

Mitten im Lied brach sie ab, zog einen Schlüssel aus der Tasche und entnahm einer Schieblade einen Gegenstand, den sie in die beiden aneinandergebogenen Handhöhlungen legte und lange betrachtete. Dabei stand sie gegen die Wand gewendet, als wollte sie sich vor einer Überraschung hüten. Raffael spähte hin, und konnte den Gegenstand nicht erkennen. Inzwischen hörte er das schwache Knarren der Gartentür. Sie aber regte sich nicht und sah in ihre Hände. Jemand mußte über den Schnee herbeikommen. Raffael sah Konsul Vermühlen, und sein Herz fing zu klopfen an; jetzt wird er sie ertappen. Konsul Vermühlen bog um das Haus und schloß auf; seine Frau hatte immer noch nichts gemerkt. Raffael öffnete, verzerrten Gesichts, den Mund, um ihr zuzurufen. Da schrak sie auf, warf den Gegenstand in die Schieblade, riß den Schlüssel heraus und war plötzlich, laut singend, drüben beim Kamin. Die Tür öffnete sich vor Konsul Vermühlen, und Raffael ließ sein Herz los, das vom Laufen jäh in einen ganz langsamen Schritt verfiel. Er dachte, ermattet lächelnd, nun sei er, einen Augenblick lang, ihr unbekannter Verbündeter gewesen. Ihr Mann aber sei ihr Feind gewesen.

VIII

Von da ab kam ihm ein gehässiges Interesse für den Mann. Er sah ihm zu, wenn er vor der Börse stand, und schlich um die Gruppen der Kaufleute herum, bis er verstehen konnte, was Konsul Vermühlen sagte. Jetzt schwänzte er seinetwegen die Schule, erwartete ihn morgens neben seinem Gartengitter, folgte ihm vor sein Kontor, zu seinen Geschäftsfreunden und bis an seinen Weinkeller. Auf der Straße, im Trottoir, ward der hölzerne Deckel aufgehoben, der Geruch von weingetränkten Fässern schlug herauf; und Konsul Vermühlen stieg selbst zu den Küfern hinunter, die einen violetten Strom durch große Trichter spülten. Einmal band er den Lederschurz vor, den die Küfer trugen; – und Raffael stand droben hinter der Haustür und wünschte inständig, jetzt möchte sie vorüberkommen und ihren Gatten als Handwerker sehen, wie er mit seinen krummen Beinen an den Fässern herumkletterte, das Haar voll von Spinnengeweben und die Finger ganz blau.

Leider bürstete Konsul Vermühlen sich ab, wusch sich und war wieder ein eleganter Herr, der zu Otter & Co. ging, um seiner Frau einen Fächer zu kaufen. Raffael machte auch das mit; er war hinter Konsul Vermühlen in den Laden getreten, entschlossen, irgend etwas zu verlangen und sodann nicht zu finden, was er suchte. Indes bekümmerte man sich gar nicht um ihn, soviel war mit Konsul Vermühlen zu tun. Er war sehr wählerisch, und dabei durfte es nur wenig kosten. Er handelte zuerst um zehn Mark und schließlich um zwei. Raffael musterte ihn mit offener Verachtung. ›Das ist seine Liebe!‹ dachte er, und er plante ungestüm: ›Den Fächer schenke ich ihr, ich!... Gleich wird der Geizhals weggehen; dann sage ich: Schikken Sie ihn der Frau Konsul für meine Rechnung.‹ In seinem Kopf war ein Gedränge von Möglichkeiten, die hundertzwanzig Mark zu beschaffen: eine immer abenteuerlicher und skrupelloser als die andere. Alles erschien leicht und glänzend. Inzwischen ließ Konsul Vermühlen etwas ganz anderes herbeibringen, und Raffael bekam Zeit, sich zu ernüchtern. ›Ich darf den Fächer nicht selbst kaufen, es würde herauskommen. Ich muß einen anderen herschikken, aber niemand darf wissen, daß er mich kennt.‹ Während er nach jemand suchte, sagte der Konsul:

»Also das schicken Sie mir. Den Fächer überlege ich mir noch. Wenn Sie nichts nachlassen...«

Dabei wollte er weggehen, gab aber Raffael die Hand und erkundigte sich nach seiner Mama. Dann zögerte er und schien etwas anderes fragen zu wollen. Raffael ward blaß.

Der Konsul indessen wendete sich um und sagte:

»Na, ich nehme ihn.«

Und er zog Raffael mit hinaus. Er erklärte:

»Siehst du, mein Junge? Zuerst muß man immer so tun, als ob man nicht dafür zu haben ist. Bleiben sie dann doch bei dem Preis, na, dann ist es wohl der richtige.«

Er setzte hinzu:

»So kommt man durch die Welt und kriegt, was man will.«

Raffael, mit dem Arm Konsul Vermühlens auf seinen Schultern, fand sich gedemütigt. Soeben hatte er eine ganz schlimme Frage kommen fühlen, eine entscheidende. Statt dessen hatte der Konsul ihn nur benützt, um einen Verkäufer ängstlich zu machen, und gab ihm, in seiner triumphierenden Gewöhnlichkeit, Lehren, wie man auf derbe Weise glücklich ward: wie man einen Fächer recht billig bekam, und wohl auch die Frau zu dem Fächer, recht billig.

Innerlich ganz verstummt vor Scham, kam Raffael heim. Das Glück, das sich durch gemeine Machenschaften erwerben ließ, das Glück selbst war verächtlich geworden. Die Armseligkeit ihres Mannes verminderte um etwas auch sie, die fleckenlose Geliebte. Das Paar sah aus, als verspottete es Raffael, weidete sich an seinen kindischen Träumen. Er lag mit dem Kopf auf den Armen, hatte nicht den Mut, die Augen wieder zu öffnen, und dachte, erstarrt: ›In was für eine Welt bin ich geraten?‹

Da ging im Flur die Glocke; »Konsul Vermühlen«, sagte Raffaels Mutter, die wohl die Treppe herabkam.

»Estela wollte Sie durchaus einmal wiedersehn, Frau Senator.«

Und eine zweite Stimme ward vernehmlich – oh, eine Stimme, die auf Raffaels Herz eindrang, es ganz umflutete, als sei sein Herz selbst tönend geworden... Sie verklang – und Raffael saß da, mit halb offenen Lippen; darüber spielte, ohne daß er sie rührte, unablässig dieser Name: Estela – zitterte auf ihnen, drückte sich in sie ein wie ein Kuß. Sie hieß Estela; solch ein Glück gab es zu erleben!

IX

Das Glück, daß sie auf der Welt war!

Was wußte davon ihr Mann! Was ging ihn das Schicksal an, das sie von ihrer fernen Küste bis hierher geführt hatte. Nur um Raffaels willen war dies geschehen, Schicksal hatte nur er. Nur darin, daß Estela und Raffael einander begegneten, war Plan und Notwendigkeit. Er spürte manchmal eine tiefe, quälende Ahnung all der Gänge, stockenden Schritte, Umwege und des inneren Vorwärtsdrängens, wodurch es endlich bewirkt war, daß eines Tages Raffael auf der Treppe seines Vaterhauses, halb bewußtlos an die Wand gelehnt, sie hatte erblicken können!

Dies gab es nicht zum zweitenmal; nie vorher hatten zwei Wesen genau auf diese Wege ihre Füße gesetzt; und von der Entstehung der ersten Sterne her führte eine Linie, die nur ihnen beiden gehörte, bis zu dem Punkt, wo sie sich getroffen hatten. Raffael grübelte: ›Ich könnte in Australien zur Welt gekommen sein. Oder ich könnte Pferdekot sammeln. Wozu bin ich gerade der, der ich bin?

Nur um ihretwillen! Wäre sie nicht auf der Welt, dann wäre die Welt nicht. Wenn ihre kleinen Nägel ein wenig größer wären, wäre die Welt nicht – oder wenn sie etwas weniger hell wären, auf ihren schmalen, dunklen Fingern.‹

Er hatte sie, traumweise, in sich: sie und ihr Land. Erst jetzt verstand er, warum er hier, wo er geboren war, immer als Fremder gelebt, immer mit ausgebreiteten Armen am Rande eines Meeres gestanden hatte. Sie hatte kommen sollen! Nun saß sie im Salon seiner Mutter unter zufälligen Menschen, sie, die einzig und in ihrer Einzigkeit rührend und schrecklich war. Die Damen fragten sie nach Dienstmädchen, die Herren sagten »Frau Konsul«. Sie lachte nicht einmal darüber; sie stellte sich dazugehörig – und dennoch strafte schon der wärmere Schatten ihrer langen Wimpern sie Lügen und entrückte sie. Ihr folgte, aus seinem Versteck hinter dem Vorhang, nur ein Unbekannter: Raffael. Nur ihm war es irgendwie schon vertraut gewesen, ihr fabelhaftes Mienenspiel, das die anderen befremdete. Er trug sie, äußerte er sich auch nie, auf geheimnisvolle Art in seiner Seele, die kleinen weichen Gesten ihres Gesichts und ihrer Hände. Der Finger, der über ihr Gesicht gestrichen hätte, wäre gewiß in warmes Blut getaucht: so flüssig war ihr Gesicht. Und diese feuchten Diebsaugen, die ihre gekniffenen Lider jäh entfalteten und groß und blank darin rollten. Und der Mund, der aufbrach wie eine Blume, die Lippen, die sich bogen wie Blumenblätter, und das gelenkige Spiel der Finger an der langen Halskette! Wer durchschaute das alles; wer begriff es von innen heraus?

Daß er diesem heftigeren Geschöpf verwandt sein mußte, er, den sie für schläfrig hielten! Es kam vor, daß er ermattete, unter seiner großen Liebe seufzte, wie unter einer Last, und nicht mehr stolz war auf sein Schicksal. Fast wünschte er, er hätte keins gehabt, oder ein alltäg-

Zeichnung Heinrich Manns zum Jahr 1886

liches, worin weder das Glück noch das Unglück so anstrengend gewesen wäre. Denn Estela, mochte sie auch von jeher auf ihn, nur auf ihn zugeleitet sein, sie kannte ihn nicht; er fand es unmöglich, sich ihr kundzugeben; er war ein Knabe von fünfzehn Jahren. Das Gefühl seiner Ohnmacht verschlang ihn. Er sah sich als Kind, dem die Welt zu erobern gegeben wäre und das nicht einmal vor sie hintreten durfte; denn sie würde es verlacht haben. Ein ungeheurer Aufwand von Bestimmung war umsonst vertan, weil er zu jung war, weil ihre Jahre, die doch eins in der Ewigkeit waren, hier sich nicht trafen. Raffael träumte manche Nacht davon, daß er ihr auf der Straße nachgehe, sie niemals erreichen könne und daß sein von Angst gefolterter Körper wie in dicker Luft steckenbleibe.

Wenn ihn das Unglück gepackt hielt, brachten ihm seine hoffnungsvolleren Träume nichts als Scham. In dem kleinen Hof hinter der Diele waren an dem Rebenspalier, die feuchte Mauer hinauf, im Herbst einige Trauben gewachsen, so sauer, daß man sie hatte hängen lassen. Sie waren klein und schwarz, unter dem rieselnden Regen, an den nackten Reben; – für Raffael aber schwollen sie zu samtenem Gold, das die Polster großer, sanfter Blätter überall bestrahlte. Er stand, kalt vom Regen angesprüht, auf der Schwelle und blinzelte durch kaum geöffnete Lider nach einem tief und heftig blauen Fleck dahinten; der dehnte sich ihm zu einem südlichen Meer, dessen Rebengestade entlang segelten sie, Raffael und Estela, mit Schwanensegeln... bis die Mägde in der Waschküche ihn anriefen und ihm das mit Waschblau gefärbte Wasser ihres Kübels ins Gesicht spritzten.

Da fühlte er sich auf einmal gewürgt von Ekel und gehetzt von Schande, weil er noch immer am Leben war, nicht Kraft hatte, ein Ende zu machen, und es ertrug, daß Tag für Tag die Geliebte ihn erniedrigte. Sie hätte ihn erhöhen sollen, und Tag für Tag machte sie ihn niedriger. Ihr unbekannt und mit Furcht vor ihrem Lächeln waren seine Träume hinter ihr, wie herrenlose Hunde, die an einem Rocksaum riechen. Schicksal hatte er nie gehabt, und hatte sich eins erlogen. Nun brach es zusammen. Er lag, hingeworfen, und suchte wiederzufinden, wie dies aus ihm hatte werden können.

Das Unglück, daß sie auf der Welt war!

X

Unter solchem Jammer und Frohlocken ward es Frühling. Die Gesellschaften hörten auf; und nicht mehr durfte Raffael im Tanzsaal seines Hauses die geliebte Gestalt über das Parkett gleiten sehen, an vier Fenstern vorbei, flüchtig wie ein hereinverirrter Vogel – und durch das fünfte würde sie sogleich hinausflattern und davonschießen in die Nacht... Nein, sie kehrte um, kam zurück, als zöge Raffaels Blick sie an – und als wüßte sie von ihm in seinem Versteck, trug sie immer das stolze und weiche Lächeln, das Bewunderung uns auferlegt.

Aber auch in den Straßen fand Raffael sie nicht mehr; sie machte keine Spaziergänge; und sie ging nicht mehr singend in dem geöffneten Terrassenzimmer umher. Nur in dem Stück Garten hinter ihrem Hause belauschte er sie manchmal. Er hatte sich auf den Baugrund hinter ihrem Gitter geschlichen; eine Rotdornhecke war zwischen ihnen; und Raffael empfing mit Lust die Stacheln in seinem Gesicht, um, wie sie vorbeiging, in ihres sehen zu können. Er fand es müde, etwas geschwollen; und wie leidend schienen ihre Hände! Sie schritt, als machte es ihr Mühe, und setzte sich, als habe sie Überdruß an allem. Einmal, wie er schon längst auf sie wartete, kam sie plötzlich, frisch wie früher, auf ein eben erblühtes Maiglöckchen zugelaufen. Bevor sie sich aber ganz gebückt hatte, richtete sie sich, schmerzlich, und als besänne sie sich, wieder auf und starrte mutlos wie ein enttäuschtes Kind vor sich hin auf den Kies. Raffael, der es mit ansah, hätte beinahe laut aufgeschluchzt. Er faltete die Hände und erhob sie, gefaltet, gegen die Reglose. Ein solcher Sturm von Zärtlichkeit, daß er das Bewußtsein schwinden fühlte, erschütterte ihn, und er fiel auf die Knie, mit dem Gesicht in das Laub. Es raschelte; sie sah auf, tat ein paar Schritte hinter einer kleinen Eidechse und ging, ohne Raffael bemerkt zu haben und mit einem Kopfschütteln, als sei alles rätselhaft und vergeblich, langsam zurück ins Haus.

XI

So war sie denn unglücklich, auch sie! Raffael kämpfte, heimlich und atemlos, weil er sich nicht freuen wollte. Ihr Unglück brachte sie ihm über alle Hoffnung nahe; und sie hätte es verstehen können, wenn sie in sein Zimmer geblickt und ihn in Tränen gesehen hätte. Aber lieber sollte sie nichts von ihm wissen und glücklich sein!

An einem dieser heftig bewegten Tage sagte Raffaels Mutter bei Tisch, sie sei bei Frau Konsul Vermühlen gewesen. Raffael wußte es schon und wartete angstvoll.

»Nun?« fragte der Vater.

»Denke dir nur, er schont sie noch immer nicht. Sie sagt es selbst – was ich übrigens komisch finde.«

»Von ihm ist das aber doch...«

Mit einem Blick auf Raffael endete das Gespräch.

Vor Aufregung begriff er gar nichts. Erst als er allein war, entdeckte er: ›Er schont sie noch immer nicht: das ist ihr Mann. Er fügt ihr Böses zu, schlägt sie vielleicht, hat es schon immer getan – und ich wußte es nicht. Hätte ich nicht wissen sollen, daß er ihr Feind ist? Aber ich sehe nichts: auf das Einfachste verfalle ich nie. Natürlich hat sie ihn gegen ihren Willen heiraten müssen; was kann er anders sein als ihr Kerkermeister, dieser graue Witwer, der sie sich zufällig genommen hat und geradesogut eine Frau aus Lappland geholt haben würde. Witwer ist er: nun wird alles klar. Auch seine erste Frau wird er mißhandelt haben, und jetzt ist die Reihe an Estela!‹

Er sprang auf, tief ergriffen, feierlich vor Empörung. Solch ein Mensch war das! Sie war gefährdet durch den Menschen. Sie brauchte einen Beschützer. Nicht länger war Raffael der unbeteiligte Sehnsüchtige hinter den Türen. Er war dazu bestellt, über sie zu wachen. Oh! Jener sollte nicht ungestraft die Hand aufheben gegen sie! Raffael sah sich herzustürzen, mit ihm ringen. Er blieb auf seinem Weg um den Tisch keuchend stehen, ganz in Schweiß, und starrte auf einen Fleck... Ermattet kehrte er aus seiner Entrücktheit wieder.

Kurze Zeit darauf hieß es beim Essen:

»Sie ist schlimm daran, hat Doktor Nissen gesagt. Jetzt soll sie spazierengehen.«

Und Raffael ging mit ihr, wenn sie, auf ihren Mann gestützt, die Felder entlang wanderte, hinter den grünen Hecken. Er ging oft ganz dicht neben ihr; zwischen ihnen war nichts als der niedrige Busch; und um nicht darüber hinauszuragen, mußte er sich krümmen. Nach wenigen hundert Schritten blieb sie jedesmal, schwer atmend, stehen; und Raffael ließ sich mit Schmerzen vom gebückten Schleichen auf den Ackerboden gleiten.

Sie zog, sobald sie stehenblieb, ihre Hand aus dem Arm ihres·Mannes. Raffael sah es mit Spannung und Freude. Sie schwieg; und in ihrem leidenden Schweigen schien ein Vorwurf zu sein für den Mann – der ihn fühlte und, die Stirn gerunzelt, von ihr wegsah.

Raffael dachte: ›Vielleicht will er sie beerben und gibt ihr ein schleichendes Gift ein. Daß ich nichts weiß und nichts tun kann! Die anderen haben es viel früher gesehen, wie es um sie stand. Viele Wochen sind es her, da sagte Mama, als sie von Vermühlens kam: »Es ist schon soweit, wer hätte das von ihm gedacht.« Ich habe mir nichts dabei denken können und es wieder vergessen. Jetzt stimmt es, alles. Und das, was sie einmal versteckte, als er ins Zimmer kam! Sie hat Heimlichkeiten vor ihm, er ist ihr Feind. Alles ist klar; ich sehe es nun besser als die anderen; aber tun? Tun kann auch ich nichts. Wenn ich jetzt über die Hecke spränge, ihn mit Prügeln davonjagte und sie – ja, wohin mit ihr, da sie nicht laufen kann? Übrigens würde er die Bauern dort drüben zu Hilfe rufen. Das geschriebene Recht ist auf seiner Seite.‹

Nur wenn er allein ging, auf dem Stadtwall, neben den Schwänen her, die gelassen durch den Kanal ruderten: die Pappeln schimmerten und raschelten droben im Licht, den Wiesenabhang sprenkelten Blumen, ein Vogel zwitscherte müde, und die Mittagsstunde war menschenleer, dann sah Raffael alles geschehen, was er sich wünschte. Konsul Vermühlen war nicht mehr der Stärkere; weder Menschen noch Gesetz retteten ihn; ganz glatt sank er vor Raffael dahin. Ein schneller Wagen stand bereit, und Raffael trug Estela hinein, die ihn köstlich drückte, ohne daß nur sein Atem rascher ward. Alles geschah in einer seltsam leichten Luft und mühelos; der Sieg war wie lautloser Fall von Rosen; glänzend breiteten Estela und Raffael umeinander die Arme.

War er aber das nächstemal als versteckter Lauscher hinter dem Paare her, dann verkehrten sich seine einsamen Triumphe wieder in Scham. ›Da steckst du und weißt genau, daß du keinen Finger rühren wirst. Nur weit vom Schuß kommst du in Stimmung, du Elender.‹ Er suchte nach verletzenden Worten für sich; und am Ende fand er mitleidige. ›Als ob bei dir jemals etwas zur Wirklichkeit werden könnte. Du bist immer nur halbwach, stehst in der Luft, kannst nicht tauglich werden und nicht erwachsen.

Quäle dich nicht mit vergeblichen Ansprüchen. Warte einfach ab, bis du stirbst.‹

Das schien nun ganz nahe; er fühlte sich schwerkrank. Seine Rauschzustände rieben ihn auf, die Rückfälle in Ohnmacht zerschmetterten ihn. Der Anblick der Geliebten durchtränkte ihn mit ihrer Mattigkeit; er schlich nur noch dahin, mit umränderten Augen, die ungesund glänzten, und das Gesicht blaß und in die Länge gezogen, wie von Fieber. Er ward untersucht und hoffte sehr, er sei in Lebensgefahr. Aber es war alles in Ordnung.

Inzwischen ward es ein früher, warmer Sommer. Estela schleppte sich allein, denn ihr Mann war verreist, die kurze Strecke bis ins Gehölz, Raffael war ungesehen ihr Begleiter und fiel von Frost in Hitze, weil er immer drauf und dran war, sich ihr als Stütze anzubieten, und jedesmal im Losschießen, wenn innen die Geste schon begonnen war, von Lähmung gepackt ward. Im Gehölz setzte sie sich langsam auf eine Bank, um die Ginster stand; und Raffael lehnte, kurz hinter ihr, an einer Buche und atmete schwer wie sie. Es war schwül, und das Laub, heller als der Himmel, leuchtete unheimlich. Estela machte einmal einen angstvollen Ruck zum Aufspringen, und Raffael griff sich ans Herz. Sie beruhigte sich; er sah sie, und sein Kopf ward schwer, in Träumerei sinken. Er sah, in einer großen inneren Stille, ihr abgemagertes Gesicht ergebungsvoll geneigt, ihren Körper kraftlos und als entglitte er ihr, in dem weiten Kleide hingebreitet. Er fühlte sich sanft vergehen mit ihr, seine Wange an ihrer kleinen runden Stirn, die so arm und heiß war – und einige große Regentropfen fielen, als Tränen der Dinge, des Lebens selbst, von Blatt zu Blatt und auf ihre beiden Scheitel.

XII

»Du bist noch kein einziges Mal mit nach Schlutup gekommen«, sagte Albert Bishop auf dem Heimwege von der Schule. »Überhaupt wirst du immer mehr zur Schlafmütze.«

Raffael schwieg.

»Dabei hast du gestern die Schule geschwänzt; ich weiß es, weil ich zufällig dort war. Was tust du also mit deiner Zeit? Ich will dich zwar nicht nach deinen Geheimnissen fragen.«

Raffael unterlag einer plötzlichen Wallung; es schoß aus ihm heraus, so heftig, daß die Kräfte ihm versagten und seine Stimme bebte:

»Ich liebe eine Frau, Bishop. Ich liebe sie so furchtbar, daß gewiß noch niemand so geliebt hat. Man kann sich das nicht vorstellen, und es gibt auch keine Worte dafür: aber ich liebe sie, ich liebe sie.«

Er hielt inne und sah erschreckt den andern an. Der aber lachte nicht, wendete ihm nicht einmal das Gesicht zu und war ganz rot. Da wiederholte Raffael langsamer und genoß die lauten Worte:

»Ich liebe sie, ich liebe sie.«

Bishop bemerkte kurz: »Ich halte nichts von Liebe. Hast du die Frau schon geküßt?«

»Was denkst du?« stotterte Raffael.

»Nun, um so besser. Ich werde nie jemand küssen, außer meinen Eltern und meiner Schwester. Ich finde das unmännlich.«

Raffael entschuldigte sich.

»Sie ist sehr, sehr unglücklich. Sie wird von ihrem Mann geschlagen oder vergiftet, ich weiß nicht. Sie war früher so schnell; jetzt ist sie so schrecklich sanft. Ihre Hände, und ich glaube alles ist geschwollen; und sie kann kaum noch gehen.«

»Und was tust du dabei?«
»Ich?«
»Ja, du. Von deiner Liebe wird sie wohl nicht wieder gesund?«

›Tun...‹, dachte Raffael gramvoll. Aber er äußerte möglichst frisch:

»Ich habe schon ihren Mann ermorden wollen.«

»Das ist nicht richtig«, bemerkte Bishop. »Es würde dich zuviel kosten. Die Frau muß gerettet werden; aber du darfst dich nicht opfern statt ihrer. Denn soviel ist sie schwerlich wert.«

»Wie kannst du das wissen?« sagte Raffael gelassen und stolz.

»Das weiß ich; weil keine einzige Frau wert ist, daß wir uns opfern. Aber es ist ganz einfach, was du tun mußt. Du mußt sie ihrem Manne wegnehmen«, erklärte Bishop bestimmt. Und Raffael mit geheimem Hohn:

»Meinst du?«

Die Erinnerung aller seiner verschwiegenen Niederlagen engte ihn ein und trieb ihn in eine verzweifelte Prahlerei.

»Glaube nur nicht, du seist der erste, der auf den Gedanken kommt. Ich beschäftige mich schon längst mit der Ausführung. Mehrere Matrosen sind meine Freunde, die werden mit ihrem Boot in den Kanal fahren, bis vor die Gartentür der Frau, und sie abholen. Nur den Kapitän muß ich noch gewinnen. Das ist nicht leicht, ich kann es nicht selbst tun. Du begreifst, ich bin hier zu bekannt, und wenn ich sage, ich will mit Frau Konsul Vermühlen entfliehen –«

»Frau Vermühlen heißt sie? Und wie heißt der Kapitän?«

»Kapitän Nevermann.«
»Und sein Schiff?«
»Die ›Newa‹.«

»Gut. Ich gehe sofort und spreche mit dem Kapitän. Du kannst auf mich zählen. Hast du Geld?«

»Jawohl. Und die Reise habe ich umsonst, weil mein Vater Reeder des Schiffes ist.«

»Also, alles in Ordnung. Adieu. Übrigens: weiß die Frau von der Sache, und ist sie einverstanden?«

»Natürlich«, stieß Raffael hervor und ging rasch und glücklich heim. Alles, was er gesagt hatte, deuchte ihm möglich. Warum sollte der alte Nevermann ihm nicht helfen? Er würde wohl sagen: »Na denn man jü.« Matrosen kannte Raffael genug, von der Taufe der »Newa« her, zu der Papa ihn mitgenommen hatte. Der Kanal floß zwar nicht an der Vermühlenschen Gartentür vorbei, aber das ließ sich irgendwie anders machen. Und Estela? Wie sollte sie nicht wollen, wenn man sie aus den Händen ihres Mörders befreite! Alle Hindernisse fielen um bei Raffaels Ansturm. ›Muß ich sie vorher benachrichtigen? Meinetwegen: morgen.‹

Aber am Nachmittag sah er, und Schrecken lähmte ihn, Kapitän Nevermann in das Kontor treten. Papa saß am Fenster; jetzt stand er auf... Raffael ging hinüber in sein Zimmer und tat, als ob er arbeitete. Er litt heftige Angst und begriff sich wieder einmal nicht. Konnte man solch ein Phantast sein! Und diesmal hatte seine Phantasie ihn hineingeritten, dank dem kindischen Engländer. Bishop hatte dem Kapitän natürlich sagen müssen, wer die Reisenden seien; und zu dieser Stunde war Nevermann bei Papa, und es gab keine Rettung mehr. Papas Zorn war nicht das Furchtbarste – aber später, das sah Raffael voraus, würde er lachen und alles dem Konsul Vermühlen erzählen. Estela erfuhr es... Raffael rang die Hände, unter Schweißausbrüchen. Er konnte nicht länger stillhalten, lief hinunter, horchte am Kontor. Papa sprach von Geschäften; Kapitän Nevermann mußte fort sein. Raffael ging zur Haustür: da trat der Kapitän aus dem Kontor.

Raffael lief einfach davon. Nach einer Strecke setzte er, in dem Drange, das Gesicht des Kapitäns zu sehen, alle Scham hintan und drehte sich um. Nevermann kam schaukelnd auf ihn zu, schmunzelte in seinen vergilbten Weißbart und erhob drohend einen dicken, rissigen Finger. Raffael flüchtete weiter.

Bei Tisch saß er mit gesenkten Lidern, der Aufregungen müde und in das Kommende ergeben. Es ward halb fünf, und Papa war noch nicht da. Nun trat er eilig ein. Er sagte, noch während er sich setzte, und strich dabei über Raffaels Hinterkopf:

»Mein lieber Freund, ich habe in dieser Zeit gar zuviel in den Kopf zu nehmen, sonst hätte ich daran gedacht, dich auf die ›Marie Behrens‹ zu setzen, die vorgestern nach Oporto abgegangen ist. Dann hättest du deine Seereise gehabt. Kapitän Nevermann sagt mir, daß du gern einmal eine Seereise machen möchtest. Warum hast du übrigens kein Vertrauen zu mir und wendest dich nicht ohne weiteres an mich?«

Und bei Raffaels erschüttertem Schweigen:

»Du könntest natürlich mit Nevermann bis Kronstadt fahren; deine Ferien fangen nächste Woche an. Aber er geht weiter nach Archangel, und du hast nicht gleich Rückfahrtgelegenheit. Ich kann dich noch nicht allein in Petersburg herumlaufen lassen, das wirst du einsehen. Für dieses Mal müssen wir uns also mit Travemünde begnügen. Hoffentlich verschafft dir die Seeluft rote Backen, du hättest sie nötig.«

Wie nun unter Raffaels gesenkten Lidern zwei große Tränen hervordrangen, legte der Vater ihm nochmals die Hand um den Hinterkopf.

»Deswegen brauchen wir doch nicht weich zu werden, mein Lieber. Fassen wir uns, bitte!«

Die Mutter fragte, sehr gütig:

»Warum weinst du, Raffael?«

Auch der tüchtige alte Kapitän hatte Mitleid gehabt, hatte die Hauptsache verschwiegen und Raffael geschont. Raffael hatte sich mitten in Kampf phantasiert, in Spannung gelebt und vermeint, daß alle über ihn herfallen würden, Estela aber – denn ganz, ganz heimlich hatte er auch dies erträumt – würde in seine Arme sinken. Nein, nichts geschah: er hatte es immer gewußt, und dies sollte endlich die letzte Bestätigung sein, die er sich holte. Ihm blühte keine Wirklichkeit; und die Wirklichen gingen über ihn hinweg, wie Lebende über einen Schatten.

XIII

Gleich nach Beginn der Ferien ging es an die See; Vermühlens waren schon dort; – und der Strand, die Kurpromenade, das Feld mit dem Leuchtturm, das Städtchen: dies alles war nun der Garten, der die Geliebte enthielt und an dessen Gitter kaum sich Raffael zu zeigen wagte.

Er saß weitab im Sande, wenn sie ins Bad ging. Sie ging über die Brücke zur Badeanstalt; und plötzlich schien das Gewimmel der anderen Gäste ins Stocken zu kommen, zu verstummen, und um die eine her ein feierlicher Raum zu entstehen. Raffaels Herz klopfte, und die kleine Silhouette dahinten im leeren Himmel war – wie begeisternd unbegreiflich! – die Welt und ihr Sinn und ihre Herrlichkeit!

Er saß und wartete. Ihn forderte keine Pflicht. Die Luft war still und gelinde. Man spürte seinen Körper nicht; man war ganz Gedanke an sie. Es war, als werde sie nun kommen und sich neben dich niederlassen; und das sei das erste, was geschehe, und zwischen diesem Augenblick und jener ersten Begegnung auf der Treppe liege nichts, es sei zusammen nur ein Augenblick. Man war neu, hatte nichts versäumt, und alle Hoffnungen standen frei.

Da kam sie; und man erinnerte sich und ward kleinlaut.

Mit jeder Luftschicht, die zwischen ihr und dir selbst hinweggenommen wurde, entwich dir etwas Illusion. Von der Müdigkeit ihrer Schritte auf dem langen Brettersteg fühlte man nun wieder das eigene Herz gehemmt. Man sah wieder ihre Züge, die Adern ihrer Hände – und von jedem einzelnen an ihr glaubte man schon einen Schmerz erfahren zu haben. ›Wieviel hab ich durch dich schon erlebt, wieviel! Aber du weißt es nicht, meine liebe Estela, du weißt es nicht.‹ Das mußte man sich wiederholen, sonst wäre man bitter geworden und hätte es ihr vorgeworfen, daß sie sich noch zeigen, es noch weiter treiben möge.

Sie wußte nichts und durfte nichts wissen! Raffael machte sich einen schmerzlichen Genuß daraus, sie zu schonen wie ein Heiligtum, ihr seinen Anblick zu ersparen, der wider seinen Willen sie hätte trübe berühren können. Er drehte sich so lange um eine Strandhütte, bis sie vorbei war, ohne daß ihr Blick, der lässig aus dem leeren Grau des Meeres tauchte, von ungefähr ihn getroffen hätte. Beim Mittagessen zwang er sich unter Qualen, niemals den Kopf nach ihr zu wenden; denn er hätte ihre Augen herlenken können. Dafür ging er, wenn der Saal sich geleert hatte, an ihren Platz, betrachtete die Dinge, die lagen, wie ihre Hände sie gelegt hatten, schob Krumen in den Mund, die ihr entfallen waren, schüttete den Rest des Wassers aus ihrem Glas in ein Fläschchen und trug es nun bei sich, als habe es von ihren Lippen Heilkraft.

Unter den Spazierwegen bevorzugte sie den, der am Borkentempel endete. Die Hütte aus Baumrinde stand auf einer schmalen, senkrecht zu den Dünen abfallenden Hügelspitze. Aber sie kam nie bis dorthin. Wo die Steigung begann, rastete sie auf einer Bank und kehrte um. Raffael erwartete droben ihr Kommen und ihr Weggehen. Aus dem Guckloch der Hütte konnte er sehen, wie sie dasaß und unfroh vor sich hin brütete. Nachher eilte er zu ihren Fußstapfen: es waren Geschenke, die sie ihm gebracht hatte. Er küßte den schmalen Umfang ihrer Spuren. Er sammelte die Erde, die sie getragen hatte, in sein Tuch. Einmal schrieb sie mit der Spitze ihres Schirmes etwas in den Sand; und als er sich später darüber her stürzte, um es zu lesen, hieß es »morir«. Er erriet den Sinn; und er kam an diesem Abend nicht nach Hause. Er lag, mit dem Gesicht in einen Haufen vorjährigen Laubes gewühlt, und schluchzte. Noch aus dem Nachtschlaf fuhr er auf mit Schluchzen.

Ein anderes Mal aber begriff er nicht, was sie meinte. Denn sie neigte sich diesmal über ihren Leib, den sie streichelte, zärtlich, wie versöhnt mit ihren Leiden, mit dem, was in ihr vorging, und als lauschte sie darauf. Und jetzt sprach sie, ja, ihre Lippen regten sich, und rätselvoll lächelnd sprach sie hinein zu sich.

An einem dritten Tage sah er aus seinem Guckloch, wie sie, frischeren Schrittes als sonst, an der Bank vorüberging und heraufkam, dem Borkentempel zu. Ihn ergriff brennende Panik. Keine Straße offen, als die, auf der sie kam. Der senkrechte Abhang gleich vor seinen Füßen. Im Augenblick, da sie die Hütte erreichte, sprang er auf der anderen Seite hinab: mehr als ein Stockwerk tief, auf die Düne. Sein Fall war unhörbar und grub ihn bis über den Kopf in Sand. Anfangs arbeitete und bald erlahmte er. Es geschah schließlich ohne sein Zutun, daß der Sand von ihm ablief und daß er entkam. Er trollte sich, gesenkten Kopfes, am Meere hin und genoß den Nachgeschmack des tollen Opfermutes, mit dem er für sie, für sie sich ins Leere gestürzt hatte, und jenes schon nahen Todes, der lautlos, ihr unbekannt und dennoch wie ein Kuß von ihr war.

XIV

Als am Sonnabend Raffael seinen Papa von der Bahn holte, rief Konsul Vermühlen, der auch aus der Stadt kam: »Da ist er ja, der prächtige Junge!«

Und Raffael schämte sich für den Konsul; denn er wußte genau, daß er das nur sagte, um Papa zu gefallen. Bei der Taufe der »Newa« hatte der Buchhalter aus Papas Hafenspeicher Raffael auf die Schenkel geklopft und mit lügnerischer Stimme ganz genau dasselbe gerufen: »Ein prächtiger Junge!« Die Matrosen selbst hatten eine täppische Ehrerbietung an den Tag gelegt; und der einzige, der ihn natürlich behandelte und nicht beschämte, war Kapitän Nevermann gewesen. Die andern alle, Bürger der Stadt sowohl wie Papas Angestellte, taten immer, als werde Raffael die Stellung seines Vaters erben und einer der in ihrer Mitte Mächtigen werden. Sahen sie denn nicht, was für ein Mensch er war, und daß er in der Luft stand? Der Zustand solcher ihm Schmeichelnden erfüllte Raffael mit bleierner Trauer um Menschheit und Leben.

Und nun ließ Konsul Vermühlen ihn gar nicht mehr los. Wahrscheinlich wollte er gerade etwas von Papa.

»Jetzt wollen wir erst mal ein bißchen frühstücken. Was meinst du wohl« – und er griff Raffael unter den Arm – »zu 'ner Flasche Rotspon? Und abends wird getanzt, mein Sohn. Kannst du schon tanzen? Kann er schon tanzen, Herr Senator? Er muß mal mit meiner Frau tanzen.«

Raffael verhielt sich, in aller Pein, ganz still an dem Arm des Konsuls; nur innerlich wand er sich. Er dachte an seine Küsse auf Estelas Fußspuren und hörte dabei den Konsul lachen, sah seinen Vater lächeln und fühlte sich bloßgestellt, seine Liebe entweiht und elend. Einen Augenblick war er versichert, daß man alles wisse; und gleich würde das Unsagbarste, für das er selbst in seinen Träumen keine Worte hatte, laut und wohlgelungen herauskommen aus Konsul Vermühlens Munde, nicht anders als hätte der Konsul sein Frühstück bestellt. Es schien Raffael nicht mehr, daß er gehe; Estelas Gatte schleppte ihn nur noch hin. Da sagte aber der Konsul:

»Was sie in dem Alter für leichte Beine haben! Dagegen kommt unsereiner nicht auf.«

Und da sie der Konditorei, vor der die Damen saßen, näher kamen, wollte er mit Raffael einen kleinen Wettlauf machen. Es ließ sich nichts dagegen tun; sie liefen schon durch den Kurgarten. Raffael starrte – und die Augen fühlten sich entzündet an und die Kehle trocken – auf Estela dahinten, die sich langsam vergrößerte, – und es war ihm, als laufe er, und dürfe nicht aufhören, auf einen Abgrund zu. Sollte er so untergehen? Konnte man so sterben?...Sie hatten noch fünfzig Schritte vor sich, da fuhren ihnen zwei Räder in den Weg; und einer der Herren sprang ab und redete Konsul Vermühlen an. Raffael entwischte, versteckte sich hinter dem Musiktempel, in den modrig duftenden Lebensbäumen; – und keuchend und durchströmt von der Wonne des Gerettetseins bemerkte er, daß er diese tödliche Ankunft bei der Geliebten niemals für ganz möglich gehalten habe, nicht einmal in den Sekunden ihrer höchsten Wahrscheinlichkeit, und daß an das Äußerste wir Lebenden nicht glauben können, und daß im Tiefsten der Mensch sich unsterblich fühle. ›Wie vieles‹, dachte Raffael, ›lehrst du mich erkennen, meine liebe Estela.‹

XV

Ein entlassener Major, der dafür umsonst im Kurhaus lebte, ging zwischen den weißen Mullkleidern der jungen Mädchen umher, holte ihnen, mit Überredung und Gewalt, Tänzer aus dem, ganz drüben, verlegen zusammen-

Zeichnung Heinrich Manns zum Jahr 1878

geballten Haufen der jungen Leute; und die Zurückgelassenen sahen denen, die er fortschleppte, mit Angst- und Neidgefühlen nach. Dann verteilten die Kellner Getränke, die Mut machen. Die Musik spielte so keck, als wäre das Ganze ein leichtes gewesen. Und einige ältere Herren, die nur zum Zusehen da waren, gaben ein Beispiel. Konsul Vermühlen führte mit jovialer Galanterie ein junges Mädchen nach dem andern unter den Kronleuchter und ließ es sich drehen. Um ihn her, und als machten sie ihn verantwortlich dafür, kreisten allmählich die andern. Da klatschte der Major in die Hände und rief zur Française. Wie niemand sie kennen wollte, nahm Konsul Vermühlen seine Frau, die zwischen Müttern saß, bei der Hand und meinte:

»Dann mußt du sie anführen. Die wird dir wohl nicht schaden, meine gute Estela, denn es ist doch nur Gehen und Knicksen. Das Knicksen kannst du weglassen. Nicht, Herr Major? Das Knicksen kann sie weglassen?«

Der Major war einverstanden; und er und Frau Vermühlen gaben nun den beiden Reihen der Tänzer die Bewegungen an. Estela vollführte zuerst die Komplimente nur leicht und mit einem Lächeln, als entschuldigte sie sich. Bald neigte sie sich tiefer; ihr Lächeln ward voller, ihr Schritt glücklicher; wenn sie ihrem Gegenüber die Hand hinstreckte, flatterte ihr Spitzenärmel auf, als schüttelte sie Blüten heraus oder eine Taube. ›Ihre raschen Gebärden und leichten Mienen heben mich empor‹, spürte Raffael, ›sie füllen mich mit Sonne.‹

Er hatte anfangs hinter der Eingangstür gestanden, sich dann, weil dort zuviel Kommen und Gehen war, nebenan ins Anrichtezimmer zu den Kellnern begeben, hatte sich volkstümlich gemacht, mit ihnen gespaßt und so getan, als sei er da, eine Schaumrolle zu ergattern und keineswegs um des nach dem Saal geöffneten Spaltes willen. Als sie ihm zu lästig wurden, stahl er sich in das Spielzimmer, hinter die alten Herren, und lugte durch den Vorhang. Aber das war unerträglich aufregend, denn jeden Augenblick konnte Konsul Vermühlen hereinkommen und Raffael, wie er's ihm angekündigt hatte, zum Tanzen nötigen. So rettete sich Raffael aus dem Spielzimmer ins Freie und begnügte sich damit, durch die Jalousien der Saalfenster zu spähen. Hier draußen war es gefahrlos; dafür aber brach der Anblick der Geliebten fortwährend ab, und so viele jäh aussetzende Ekstasen machten ganz dumpf und schwach. Sie wendet dir die Schulter zu, scheint sie dir zum Kuß darzureichen: da schneidet der Fensterrahmen hinein. Man senkt den Blick auf ihr verlockend zurückgelegtes Gesicht; und kaum berührt er's, verschwindet es: als ob die Blume dem Insekt, das sich darauf niederläßt, unter den Füßen fortgeweht wird.

Auf der Jagd nach ihrem Bilde machte Raffael die Runde um den Saal, er gelangte wieder an seinen Eingang und in das Anrichtezimmer, das nun leer war. Der Saal schien jetzt matter erleuchtet im Dunst und Gedränge; und die Gestalt aus Spitzen und hellem Fleisch, der Raffael folgte, bekam, inmitten der vielen, etwas einsam Schimmerndes. Fast sah es aus, als wäre sie allein im Wald gegangen: ringsum Dunkel, und nur auf ihr das Licht eines Sternes, der hoch über ihrem Scheitel immer mit ihr ging.

Sie tanzte mehrmals und mußte wohl alles vergessen haben. Ihr Mund war in ausgelassener Bewegung, ihre Augen leuchteten, als wäre sie auferstanden... Raffael ward es bange, wie bei einem Wunder.

Da lief Konsul Vermühlen aus dem Spielzimmer herbei. Er lief, und er war erregter, als Raffael ihn jemals gesehen hatte.

»Du hast wohl deinen Verstand nicht mehr«, sagte er, »daß du Walzer tanzt. Das fehlt noch!«

Sie erwiderte, er solle sie in Ruhe lassen. Er wiederholte immer, daß Française das Höchste gewesen sei, was erlaubt sei. Walzer sei zuviel. Raffael sah: so behandelte der Mann sie; und er knirschte. Sie lehnte sich endlich selbst auf, heute hatte sie Mut. Ihre zornigen kleinen Mienen überkugelten sich in ihrem Gesicht, wie einst; sie tat, im Kampf vornübergebeugt, lauter kurze Schläge in die Luft, mit beiden Handrücken; und in den fremden, von niemand verstandenen Worten, die unter den leidenschaftlichen Windungen ihres Mundes entstanden, rollte das R. Um sie her ward wohlwollend gelacht. Zuletzt lachte auch ihr Mann. ›Er kann nicht anders vor den Leuten‹, meinte Raffael. ›Er muß ins Spielzimmer abschieben. Wenn sie nach Hause kommen, wird er sie um so mehr quälen. Wer weiß, dann gibt er ihr wieder Gift... Wenigstens jetzt ist sie glücklich.‹

Sie tanzte noch zweimal. Dann, in dem Augenblick, als ihr Herr sie allein gelassen hatte, fuhr sie im Sessel auf, furchtbar erbleicht. Sie versuchte ihre Brust, die arbeitete, mit den Händen zu bändigen, und entsandte dabei Seitenblicke, die sahen aus, als bäte sie um Hilfe, und bäte dennoch, man möchte sie nicht ansehen. Keiner sah, nur Raffael; – und da, es war klar, daß sie ihre letzte Kraft zusammenraffte, stand sie auf und ging bis an die nur angelehnte Tür zum Anrichtezimmer. Sie konnte sie nicht einmal mehr aufstoßen, wäre sicher umgefallen; Raffael war's, der sie vor ihr öffnete. Sie taumelte herein, leeren Blicks vorbei an ihm, und fiel auf den Stuhl. Es war der einzige, und er stand in der Mitte des kleinen, fast dunkeln Raumes. Da saß sie nun.

Sie war verwandelt und hatte nun Züge und Haltung, als sei sie von langem Krankenlager aufgestanden, um hier unter Raffaels Blicken zu sterben. Er stützte sich gegen die Wand, gelähmt und ohne einen Gedanken. Lange Zeit hindurch machte er sich gar nichts deutlich von der Gestalt dort auf dem Stuhl. Etwas schien zu drücken, sah er dann, auf ihre armen, sinkenden Schultern. Sie rutschte tiefer in ihren Sitz, ihre Brust fiel ein, ihr Leib ward herausgedrängt. Allmählich kam es ihm zum Bewußtsein, daß sie zitterte: – und als er sekundenlang in einen ihrer zitternden Arme vertieft geblieben war, wie in eine ihn verzehrende Marter, faßte plötzlich sein Auge sie zusammen: zum erstenmal, nachdem es so lange von ihrem allzu großen Jammer nur einzelnes hatte begreifen können. Und die Linie dieses nach unten geschwellten Körpers mit den verkürzten, kläglich geöffneten Schenkeln, zwischen denen das Kleid in Falten hing – diese elende Linie machte die Geliebte stärker, als einst ihre höchste Schönheit sie gemacht hatte, und Raffael brach zusammen.

XVI

Er kam zu sich, und plötzlich schüttelte ihn ein Fieber von Empfindungen. Er sprang auf, rang atemlos die Hände; er rief sich zu: ›Was tun! Unfähig bis zum letzten Augenblick!

Ein Gegengift! Warum bin ich nicht Arzt!‹

Er sah sich als Retter, hingekniet vor ihr, die die Augen aufschlug, dankbar seufzte und den Kopf auf seine Schulter neigte.

›Immer nur Phantasien. Etwas tun!‹

Aus dem Winkel heraustreten, sich ihr zeigen. Ja, jetzt galt es, sich ihr zu zeigen. Keine Ausflucht mehr. Und ehe er es selbst gedacht hatte, wie eine Maschine setzte er sich in Bewegung. Unter ihren großen, starren Augen ging er, schweigend und die Augen gradaus, in dem Halbdunkel durch das kleine leere Zimmer – und das war, als wäre er, ein einzelner, zum voraus geopferter Kämpfer, vor zehntausend erbarmungslosen Blicken über ein sonnengrelles Feld geschritten.

Er erreichte den Anrichtetisch; seine Hände warfen

Gläser um; er goß Wein aus einer Flasche, wunderte sich, daß das Glas niemals voll werde, und bemerkte zuletzt, daß keines dastand.

›Was nützt das, da sie doch vergiftet ist? Und wie lange bekommt sie schon Gift! Ist da nicht alles umsonst?‹

Und er wünschte, schlaff am Tisch hängend, daß sie rasch sterben möge, damit er sich nicht zu rühren brauche und nichts, nichts mehr geschehe, niemals mehr.

Gleich darauf aber stand er, ein Glas Wasser in der Hand, vor ihr und gab sich ihr preis. ›Da bin ich. Da ist der, an dem du einmal auf einer Treppe vorüberliefst und den du seitdem nie wiedersahest.‹ Er dachte auch, mit schmerzlichem Stolz: ›Ich bin wohl verändert? Ja, das hast du aus keinem anderen gemacht. Nun weißt du alles.‹

Die Angst und die Wonne des sich Darbringenden machten seine Hand zittern, und es fiel Wasser auf ihren entblößten Hals. Sie zuckte auf, stieß fremde Worte hervor, schob ihn weg. Er ward gewahr, daß ihre Zähne klapperten.

›Und ich komme mit kaltem Wasser! Und mache mich wichtig und bilde mir ein, daß sie mich kennt. Als ob sie je wieder an mich gedacht hätte! Wußte ich das denn nicht?‹

Da bemerkte er, daß er, von ihr ungesehen, dennoch unter den Augen ihrer Seele gelebt habe; sie zur Genossin seiner Erlebnisse gemacht habe; ganz im Grunde das unvernünftige Gefühl gehegt habe, als sehe sie sich manchmal nach ihm um, als wisse sie von ihm ... Nein, sie wußte nichts, hatte vergessen, daß sie ihn je erblickt hatte. Kein Hauch von allem, was in ihm gestürmt hatte, war zu ihr gedrungen. Mit keinem Laut konnte er sich ihr, denn er war ein Unbekannter, ins Gedächtnis rufen, nicht einmal mit Weinen.

Das aber nahm ihm plötzlich eine große Last ab. Er vermochte sich freier zu bewegen unter ihren Augen, die ihn gar nicht kannten; konnte handeln. Er wollte zum Arzt gehen und auf die Polizei: sie retten und sie rächen. Er war schon jenseits der Tür, wollte eben aus dem Hause: da rief die Stimme seines Vaters:

»Raffael!«

Sein Vater kam aus dem Saal.

»Bist du noch nicht im Bett, mein Lieber? Was soll denn das heißen?«

Raffael sah sich langsam um: dort stand Papa, mit gerunzelten Brauen, und sprach zu ihm wie zu einem Knaben, indes Raffael auf einem der wichtigsten und schwersten Gänge war, die ein Mann tun konnte. Mußte Papa das nicht erfahren? Papa hatte Raffael gezeigt, daß er gute Absichten habe und ihn verstehen wolle. Raffael spürte es, als ob Papa ihm über den Hinterkopf streiche. Er bemerkte auf einmal, daß sein Vater ihm, nächst Estela, der liebste Mensch auf der Welt sei und daß er ihn gern zum Freund gehabt hätte. Es stand immer so schrecklich viel dazwischen, zwischen allen Menschen, und auch zwischen ihnen. Man mußte einmal ein offenes Wort sprechen. Ihm ward es weich zumute; – und im Gefühl von Schicksal und Verantwortlichkeit, aber vor Tränen zitternd, sagte er:

»Papa, hier geschieht etwas ganz Furchtbares.«

»Etwas –: sag sofort, was du angestellt hast!«

»Ich? Gar nichts. Aber es ist furchtbar.«

»Hör mal, lieber Freund, mach einem gefälligst nicht unnötig bange. Was ist los? Willst du dich erklären oder nicht?«

»Papa, eine Dame wird hier vergiftet. Ich weiß es ganz gewiß, und wir müssen den Doktor und die Polizei holen. Sie kriegt schon seit langem Gift, und zwar von ihrem Mann.«

»Was sind das für Geschichten? Wer ist die Dame?«

Raffael schluckte hinunter, brachte aber den Namen nicht hervor. Er wies auf die Tür des Anrichtezimmers.

»Drinnen sitzt sie.«

Papa ging hinein; und einen Augenblick später kam er zurück, mit einem Gesicht, das wohl trösten wollte und sich scherzend stellte.

»Siehst du?« flüsterte Raffael mit feierlichem Grauen.

Papa sah stumm umher. Endlich äußerte er:

»Es ist gut, mein Lieber. Du kannst zum Doktor laufen. Ich hole ihren Mann heraus. Zur Polizei gehe lieber nicht, das hat keinen Zweck; aber gleich neben dem Doktor wohnt eine Frau, der kannst du vielleicht auch Bescheid sagen. Ihr Name steht auf dem Schild: Frau Schlei, Hebamme... Siehst du, jetzt geht dir ein Licht auf. Du bist ja auch kein Kind mehr. Nun, irren ist menschlich. Deswegen brauchen wir uns nicht so aufzuregen. Hörst du? Mach, bitte, ein vernünftiges Gesicht! ...Was ist dir denn? Nimm dich zusammen, keine Dummheiten! Das ist doch keine Sache, um Anfälle zu bekommen und krank zu werden. Stütze dich auf mich – und tue mir den Gefallen, schreie lieber, aber mach nicht solch Gesicht. Ich weiß längst, daß deine Nerven nicht in Ordnung sind. Warum hast du kein Vertrauen zu mir? Herrgott, ist es denn so schlimm? Raffael! Raffael!« ·

Jungfrauen

Die letzten Gäste kamen fröstelnd herein. Sie schalten über die erfrorenen Blüten, den Sturmhimmel, die Schwärze des Sees. Auf dem Monte Baldo hatte es geschneit! Italien erfüllte alle mit Bitterkeit.

»Ich dachte überhaupt, hier sei immer blauer Himmel!«

»Seien Sie nur zufrieden! Wir haben wenigstens einen anständigen deutschen Ofen. Tiefer im Land hört einfach alle Kultur auf, und man kriegt Frostbeulen.«

Der alte Bucklige entschuldigte alles, im Namen der Schönheit. Die drei aus verschiedenen Himmelsrichtungen zusammengereisten Töchter redeten schon wieder, über ihre eingeschrumpfte Mutter hinweg, sehr laut von Konzerten, die sie gegeben, von Bildern, die sie ausgestellt hatten. Die Mama der beiden kleinen Mädchen sprach nur von ihnen. Die Frau Geheimrat rühmte das Nachtleben von Berlin. »Mein Mann kennt alles«, wiederholte sie und bedachte nicht, in welche Verlegenheit man sie setzen konnte mit der einfachen Frage, was er denn kenne. Der alte Bucklige stellte nur fest, daß auch in Wien nachts manches los sei.

»Das ist nicht wahr!« rief die Geheimrätin. Und obwohl der Bucklige vor Empörung beinahe flehte: »Wie können Sie mir das sagen!«, behauptete sie nochmals: »Das ist nicht wahr!«

Der Redakteur aus Augsburg erklärte die Säule mit dem Markuslöwen am Strande für ein recht anmutiges Werkchen; und Claire und Ada beobachteten, wie er bei dem Wort »Werkchen« die Zähne fletschte.

Alles machte ihnen Erstaunen: die schlechte Erziehung der Frau Geheimrat und das übrige. Sie waren fünfzehn und sechzehn Jahre, noch nie vorher von ihrem Landgut heruntergekommen und hielten der unbekannten Welt ihre hellen Augen groß als Spiegel hin. Niemand sah sehr lange hinein; man schien den Spiegel unzart zu finden und wenig vorteilhaft. Und wenn ihnen ein Blick auswich, lächelten sie einander zu, ohne recht zu wissen, warum.

Am meisten wunderte sie, daß die Mutter sie den Leuten rühmte, und zwar wegen der natürlichsten Dinge, die daheim noch nie erwähnt worden waren. Daß sie sich gegenseitig eine Strafarbeit abnahmen oder einander einen Spaziergang abtraten: das unterhielt nun die ganze Gesellschaft, und es war genauso, als hätte man ausführlich darüber verhandelt, daß sie Ada und Claire hießen. Die beiden Namen ließen sich nur zusammen aussprechen; einer ohne den anderen hätte einen ganz leeren Klang gegeben. Und so hatten sie selbst nie einen Schritt getan und kein Gefühl gehegt, es sei denn gemeinsam. Jede setzte die andere für sich; und als neulich die Erzieherin, die von ihnen ging, zu Claire gesagt hatte: »Wirst du mich nicht vergessen?«, da hatte Claire geantwortet: »Nein, gewiß nicht, Fräulein. Ada wird sie doch nicht vergessen!« Weil die Schwester so gut war, fühlte die Schwester sich vertrauenswürdig und voll Güte. Und ein Mensch, den die größere, blühende Ada liebhatte, durfte glauben, ihn liebe auch die blasse kleine Claire.

Da ging mit einem Ruck die Tür auf, und plötzlich stand mitten im Zimmer ein neuer Herr, als sei eine ganze Garbe von Sonnenstrahlen hereingefallen. Er stand mannhaft aufgereckt. In seinem bis an den Hals zugeknöpften wollenen Schoßrock war seine Brust breit, und seine Hüften waren schmal. Er führte ein sieghaftes Lächeln über die Köpfe der Gäste hin. Sein großer, goldblonder Bart mit den weißen Zähnen darin lächelte geradeso wie seine blitzenden Augen. Auf einmal streckte er eine große, schöne, goldig behaarte Hand aus und eilte auf den alten Bucklingen zu. »Mein lieber Herr Hermes!«

Der Große umarmte den Kleinen und verkündete mit prächtiger, metallischer Stimme, wo sie sich früher schon getroffen hätten. Herr Hermes stellte vor: »Herr Schumann«; und der Ankömmling sah allen nacheinander fest in die Augen. Bei der Geheimrätin sagte er: »Sehr angenehm«, und es dauerte etwas länger. Mit den beiden kleinen Mädchen ward er am raschesten fertig.

Kaum saß er nun mit am Tisch, gab er in allem den Ausschlag. Die drei zusammengereisten Schwestern sprachen weniger und leiser und sahen ihn dabei fast zaghaft an. Er vermittelte auch zwischen dem Nachtleben von Berlin und dem von Wien; während er Herrn Hermes vollkommen zu trösten wußte, gab er doch dem von Berlin den Preis und verbeugte sich dabei vor der Geheimrätin, die schmachtend dankte. Unvermittelt rief der alte Bucklige, stolz auf seinen großen Freund: »Und Ihre Stimme! Er kann auch singen!«

Sofort wollten alle ihn hören; und er ließ sich nicht bitten. Die Musikkünstlerin unter den Zusammengereisten setzte sich ans Klavier. Herr Schumann trat aufgerecktneben sie und sang. Doch brach er sogleich ab und verlangte, die Tür nach dem Strande zu öffnen. Es blies kalt herein, aber man nahm es hin; denn schon wußte man, was er vermochte. Sein Gesang durchtobte die Stille, wie ein rechter Held auf einem Schlachtfeld, wo schon alle tot sind. Als er geendet hatte, äußerte jeder ein Wort der Anerkennung; nur Claire und Ada hingen stumm mit großen Augen an seinem nun geschlossenen Munde. Die Geheimrätin sagte: »Das muß wahr sein, Ihre Stimme ist erstklassig.«

Und dankbar, mit einem Anflug von Untertänigkeit,

zog er seinen Stuhl neben ihren. Sie flüsterte ihm etwas zu, und darauf nickte er, voll überlegener Freundlichkeit, nach den beiden kleinen Mädchen hinüber. Sie erröteten und sagten sich, zueinander zurückgekehrt, mit den Augen ihre große Bewunderung des neuen Herrn. Während er sang, war es jeder von ihnen gewesen, als höbe es sie auf und wirble sie, atemlos, aus der offenen Tür in die blühende und stürmende Nacht, über den See und wer weiß wohin. Es war sehr merkwürdig: die eine hatte die andere aus dem Sinn verloren und war mit sich selbst allein und mit Herrn Schumanns Stimme. Sie waren froh, einander nun wiederzufinden und zu merken, daß sie beide dasselbe empfunden hatten. Sie faßten unter dem Tischtuch nach ihren Händen.

Aber in der Nacht träumte Claire, sie gehe in der Dunkelheit am See hin und ihr zur Seite Herr Schumann, der, über sie gebeugt, schallend sang, so daß sie in seine Stimme und seinen Atem ganz eingeschlossen war und heftig bebte. Plötzlich ward es hell, und er zog sich einen Stuhl neben sie, ebenso beflissen und voll Einverständnis, wie er sich neben die Geheimrätin gesetzt hatte. Und Claire warf sich im Schlaf herum vor Furcht, die Geheimrätin könne dazwischenkommen; oder auch Ada. Eine Wallung von Haß bewegte sie – Haß gegen die Geheimrätin und gegen Ada. Da wachte sie auf und erschrak. Adas Atem ging ruhig durch das dunkle Zimmer. Claire verstand nicht, was geschehen war; sie schluchzte auf. Wie gern wäre sie hingeschlichen und hätte Ada geküßt. Wenn aber Ada die Augen öffnete: was sollte sie ihr sagen? Noch lange saß sie aufgestützt und lauschte hinüber. Nun war ihr etwas geschehen, das Ada nicht geschehen war und das sie Ada nicht sagen konnte.

Am Morgen war sie zum erstenmal mit Überlegung liebevoll gegen Ada. Sie war es so sehr, daß Ada fragte: »Was hast du eigentlich?« Wie sie sich zum Mittagessen anzogen, half sie der Schwester und riet ihr von einer Schleife ab und zu einer anderen, die ihr besser stehe. Ada zögerte aber, blickte Claire forschend an, wie eine Fremde: »Wirklich?« Claire sah erschrocken weg, und Ada errötete tief. Gleich darauf fielen sie einander wortlos in die Arme.

Herr Schumann begrüßte sie mit flüchtigem Wohlwollen, und dann sah er während der ganzen Mahlzeit nicht mehr herüber; die Geheimrätin beschäftigte ihn vollauf. Claire und Ada liefen nach Tisch hinaus, fühlten sich seltsam erleichtert und plauderten, umschlungen, stundenlang von daheim und ihren eigensten Dingen. Am Abend aber, wie sie harmlos eintraten, kam Herr Schumann auf Ada los und sagte: »Fräulein, Ihre Bluse ist ein Gedicht!«

»Es ist noch dieselbe wie heute mittag«, versetzte sie; und dann erst merkte sie, daß dies ein Vorwurf war, weil er sie mittags nicht angesehen hatte. Sie färbte sich dunkel und sah angstvoll zur Seite. Da stand Claire und machte ein tief unglückliches Gesicht.

»So?« entgegnete Herr Schumann, besann sich noch etwas und ging weiter, ohne mehr gefunden zu haben.

Aber nun sollte er singen. Herr Hermes öffnete eigenhändig die Tür, und die Geheimrätin sagte: »Für die Kunst frieren wir gern.«

»Luft ist das erste«, erklärte Herr Schumann. »Die alten Germanen, unsere Väter, sangen im Walde und auf dem Schlachtfeld.«

Als er mit seinem Liede fertig war, hatte Ada eine schreckliche Minute zu überstehen; denn ein unerbittliches Pflichtgefühl verlangte von ihr, daß sie sage: »Das war wunderschön.« Gern wäre sie weit weg und still in ihrem Bett gewesen; aber sie mußte sprechen; und sie tat es, unter aller Blicken, heiß und kalt. Darauf lächelte ihr Herr Schumann so stark in die Augen, daß sie sie senkte, betäubt und glücklich. Erst als niemand mehr sich mit ihr beschäftigte, fühlte sie neben sich Claires Schweigen, und ihr ward es beklommen.

Sie löschten rasch ihre Kerzen und sprachen vor dem Einschlafen kein Wort mehr.

Als Ada erwachte, war Claire schon fort; Ada konnte sich denken, wohin, und ging ihr nach, den Weg gegen Nago hinauf. Da stand Claire, vor dem Sonnenaufgang über dem See. Die Bergkulissen öffneten sich weit dem Endlosen, und in ein Blau, das an schöne Morgenträume erinnerte, rannen ein Rot und ein Gold, bei denen man an das Glück dachte.

Ada ging rascher; sie mochte Claire dort nicht stehen sehen. Nicht Claire war von Herrn Schumann angesprochen worden, sondern Ada. Nur Ada hatte ihm gesagt, daß er wunderschön singe, und ihm dadurch gefallen. Claire aber hatte etwas voraus, weil sie vor diesem Himmel stand und ihre Gedanken dachte. Und zuletzt kam Ada ins Laufen, als fürchtete sie, Herr Schumann möchte ihr zuvorkommen und Claire dort stehen sehen.

Sie sagte, noch atemlos: »Findest du das denn so schön? Ich nicht!«

Claires Antwort kam langsam; und das peinigte Ada.

»Du weißt wohl nicht, was du sagst«, meinte Claire; und Ada: »Oh, sehr gut.«

Dann gingen sie schweigend zurück, Ada immer einen halben Schritt voraus. Als aber die Frühstücksveranda vor ihnen lag und man sie sehen konnte, machten sie gleichzeitig dieselbe Bewegung und breiteten einander die Arme um die Hüften. Und sie plauderten auf einmal lebhaft.

»Ein überaus anmutiges Schwesternpaar«, bemerkte, als sie eintraten, der Redakteur aus Augsburg; und die Geheimrätin erklärte: »Sie stehen sich gut.«

Herr Schumann war nicht anwesend. Er kam erst, als

die Geheimrätin schon fort war. Auch mittags verließ er den Speisesaal nicht mehr an ihrer Seite, und während sie die vorigen Tage gemeinsam und unermüdlich den Strand entlangspaziert waren, schloß jetzt die Geheimrätin sich den drei zusammengereisten Schwestern an, und Herr Schumann suchte die Gesellschaft des Herrn Hermes. Manchmal gönnte er Claire ein Wort und dann wieder Ada eins. Bald aber zog er sich zurück; auch die Geheimrätin war schon verschwunden.

Dann wanderten Ada und Claire ins Land hinein, in dem feindlichen Drang, miteinander allein zu sein. Ein blendend schöner Tag war dahingegangen, inmitten der Regenwoche; sie erstiegen die Terrassen, auf denen übereinander die Ölbäume grauten. Die Laubschleier schlugen gelind zusammen über der Tiefe des Tales, und sanft und klar durchströmte sie der Ton einer entfernten Turmuhr.

Claire sagte: »Du bist schrecklich kokett mit Herrn Schumann. Ich weiß nicht, ich möchte so nicht sein.«

Ada erwiderte spitz: »Wirklich nicht?« Und nach einer kleinen, bedeutsamen Pause: »Fräulein sagte einmal, du seiest nicht hübsch.«

Darauf sahen sie beide erschreckt geradeaus. Denn sie hatten gespürt, wie es sie auseinanderriß. Es stellte sich heraus, daß die Laute der einen von der anderen so gesprochen hatten wie von einer Rivalin. Die Schwester, merkte nun die Schwester, sah sie anders, als sie selbst sich sah. Und Erinnerungen wurden aufgedeckt, die jede, ungeahnt, für sich allein hatte und die aus einer der anderen feindlichen Welt stammten.

Vor den Bergen drüben hing ein purpurvioletter Vorhang aus Luft: das war eine traurige Pracht, einschüchternd und drückend. Ada und Claire wären gern umgekehrt – und stiegen doch immer höher; sie konnten nicht anders. Über einer grauen Mauer bröckelte eine graue

Kapelle. Das Bild war von Efeu darin eingeschlossen; und Claire und Ada fühlten ein Grauen im Nacken, weil sie nicht wußten, welch ein Gesicht ihnen, in der großen Stille, aus der Kapelle nachsah.

Endlich stellte sich ihnen ein verlassenes Haus entgegen, vor zwei Felswänden, die im Winkel zusammenstießen. In dem Dreieck des Himmels dazwischen stieg auf einmal ein großer grüner Stern herauf und öffnete sich, wie ein böses Auge. Da machten sie, zusammenfahrend, kehrt. Sie merkten plötzlich, daß der Himmel voll von Sternen war und das Tal grau, mit Scharen von Lichtern an seinen Rändern und mit einzelnen, hinter dem Schwarm zurückgebliebenen, im Lande verlorenen.

Claire sah von einem zum andern und dachte, unbestimmt traurig, daß jedes, jedes für sich allein brenne und erlösche. Sie sann auch: ›Warum gehe ich gerade hier? Man kann auf tausend Straßen gehen. Alles ist so weit und vergeblich.‹

Ada dachte an ihr gemeinsames Puppentheater daheim und daran, daß die Papierfiguren bald mit Claires Stimme gesprochen hatten und bald mit ihrer eigenen. Herr Schumann aber sollte nur seine Lieder singen. Und darüber, daß sie es nicht anders ertragen konnte, verlor sie sich in ein ängstliches Staunen.

Am nächsten Tag stürmte es wieder, und aus dem Feuerwerk, das drüben beim Fort abgebrannt werden sollte, konnte schwerlich etwas werden. Trotzdem lud Herr Schumann, sobald es dunkel war, die Damen ins Boot ein, zum Hinüberfahren. Die Geheimrätin nahm Claire und Ada an ihre beiden Seiten, reichte jeder einen Arm, und so folgten sie Herrn Schumann. Er arbeitete lange, bis er das Boot losgemacht hatte, denn die Wellen rissen ihm die Kette immer wieder aus der Hand; und als er es endlich unter das Bollwerk des kleinen Hafens herangezogen hatte, machte es Sprünge, und die Geheimrätin konnte den Zeitpunkt des Einsteigens nicht finden. »Geben Sie mir die Hand!«

Aber Herr Schumann saß und hielt sich selbst fest.

»Es ist doch etwas ängstlich«, meinte sie. Herr Schumann schwor, er habe ganz andere Wellen gebändigt, aber sie entgegnete und lachte geringschätzig: »Da verlasse ich mich doch lieber auf Ihren Kehlkopf.«

Herr Schumann hatte plötzlich das Gleichgewicht, stand aufgereckt im Boot und reichte Ada und Claire seine beiden Hände. »Dann fahre ich also mit meinen jungen Freundinnen. Nur rasch, meine Damen, ehe das Boot wieder abgestoßen wird!«

Sie waren drin, und er hatte noch nicht ausgesprochen. Fast hätten sie sich ins Wasser gestoßen, so eilig hatten sie es.

»Verhalten Sie sich ruhig!« rief Herr Schumann mit ganz unbekannter Stimme. »Wir wären beinahe umgeschlagen!« Und gleich darauf, sehr wohltönend: »Haben Sie denn auch Mut, Fräulein Claire? Und Sie, Fräulein Ada?«

»Claire verträgt es nicht; sie soll lieber dableiben«, sagte Ada.

Claire wollte sich empört widersetzen, aber ein starker Stoß warf ihr Herrn Schumann auf die Knie; sein großer Bart strich ihr kühl über das ganze Gesicht; und sie konnte nicht mehr sprechen.

Er entschuldigte sich gar nicht. Er redete, und die Worte liefen ihm davon. »Wir sind schon aus dem Hafen heraus, wir werden vom Lande abgetrieben. Das geht doch nicht!« Und ohne Umschweife, wild bei der Sache: »Helfen Sie mal mit! Ich habe keine Lust, zu ertrinken!«

Sie arbeiteten im Dunkeln. Schwarzes Wasser spritzte ihnen ins Gesicht, und Herr Schumann keuchte wütend. Sobald sie sich aber um den Steindamm zurückgewunden hatten, bekam er milde Überlegenheit. »Ich hätte es vor Ihrer Mutter nicht verantworten können. Mit Ihrem Leben dürfen Sie nicht spielen, liebe Freundinnen... Nun steigen Sie einmal aus. Ich bleibe bis zuletzt im Boot. Das ist meine Pflicht als Kapitän.«

Claire setzte hinter Ada den Fuß auf die Stufe. Sie taumelte; und innerlich hatte sie gar den Boden verloren. Ihr Gesicht, das Herrn Schumanns kühler Bart gestreift hatte, brannte nun. Ihr stilles Herz öffnete alle seine Verstecke. Alle Gesetze fühlte sie umgestoßen, die Welt schwindelnd emporgehoben, im Dunkeln etwas Großes wild aufgeblüht. Sie meinte zu rufen:

»Mein Leben, Herr Schumann! Wie gern gäb ich es Ihnen!«

Aber sie hatte nur geflüstert; der Wind trug ihre Worte nach vorn, in Adas Richtung; und Herr Schumann fragte: »Wie? Sie sind wohl noch etwas schwach von der Angst? Das gibt sich; stützen Sie sich auf mich!«

Er machte noch das Boot fest. Ada und Claire gingen voraus. Und plötzlich beugte Ada sich über Claire. »Ich habe ganz gut gehört, was du zu Herrn Schumann gesagt hast«, versetzte sie, zischend. Claire antwortete nicht; aber beide fingen an, ganz rasch zu atmen. Sie wandten die Gesichter weg, in der schrecklichen Gewißheit, daß sie, hätten sie sich erblickt, übereinander hergefallen wären. So gingen sie durch eine lange, ganz finstere Laube.

Drüben bei der ersten Laterne wartete die Geheimrätin. Wo sie denn Herrn Schumann hätten. Er kam; und sie lachte wieder. »Sie sind blaß... Am See wehte es unanständig: wenn Sie meinen, ich will mich erkälten...«

»Singen Sie lieber«, sagte die Geheimrätin, »das hätten Sie gleich tun können.« Herr Schumann war bereit; er wartete nur, bis man die Tür öffnete. Die Geheimrätin tat es nicht mehr selbst; sie erklärte es heute sogar für albern. Aber Herr Hermes bediente seinen großen Freund. »Er braucht Luft.«

Ada und Claire saßen zwischen dem Ofen, der geheizt war, und der offenen Tür. Jede hatte Lust, sich ihren Mantel zu holen, aber keine mochte die andere allein lassen in dem Zimmer, worin Herrn Schumanns Stimme stieg und fiel. Die drei zusammengereisten Schwestern redeten auf sie ein. Sie sähen schlecht aus. Sie müßten sich auf dem See überanstrengt haben; und nun säßen sie in der Zugluft. Wenn ihre Mama zugegen wäre, würde sie es ihnen verbieten. Sie sollten zu Bett gehen. Aber sie saßen da, bis Herr Schumann gegangen war, und bevor sie nicht in ihrem Schlafzimmer waren, wichen sie, wortlos, nicht voneinander.

Am Morgen hatten sie Halsschmerzen und schwere Köpfe. Gegen Abend ging das Fieber an. Es stieg heftig, und in der Nacht redeten sie und warfen sich umher. Claire sah Ada mit Herrn Schumann auf den See hinausfahren. Sie selbst stand machtlos am Ufer und schrie gegen den Sturm: »Du hast mich immer betrogen! Du sollst nicht hübscher sein als ich!« Der Drang, ihrer Feindin nach, krampfte sie zusammen, erstickte sie. Aber da, auf einmal, war sie befreit und konnte laufen, über das Wasser laufen, die andere töten, sie töten! ...In diesem Augenblick hörte sie Ada schreien. Ada schrie und schlug gegen die Wand; sie röchelte.

Claire fuhr empor, starrte und wußte nicht: was hatte sie getan? Hatte sie etwas getan? Sie hatte Ada getötet! Sie wand sich, das Gesicht im Kissen. Von fern, in allem Sausen, hörte sie Ada: »Ich will nicht sterben! Du sollst sterben!«

...Als Claire zu sich kam, war Adas Bett leer. Claire begriff: ›Ada ist tot!‹ Und langsam fand sie sich zurück: ›Ich habe es gewünscht!‹ Aber wie das hatte geschehen können und durch welche zerrissenen Wege sie zu dem argen Wunsch gelangt war: das hatte sie für immer verloren. Herr Schumann lag, merkwürdig verblaßt, dahinten, als sei er einmal vorzeiten ein wunderschönes Spielzeug gewesen, um das sie sich mit Ada gestritten und das sie im Streit zerrissen hatten. Das war gleichgültig; denn viel Wichtigeres war nun verdorben, da Ada tot war. Und jedesmal, wenn Claire dessen gedachte, würde sie hinzudenken müssen, daß sie es gewünscht habe. Adas Tod und Claires Wunsch waren so gut Brüder, wie Claire und Ada Schwestern gewesen waren. Und blieben es ewig. Claire lag und staunte, daß sich soviel tragen lasse; daß sie weiterlebe, nur müde sei und am liebsten nichts gewußt hätte.

Dann ward sie aus dem Bett gehoben, eingehüllt und, ohne daß sie gesprochen hätte, in die Veranda geführt. Wie sie, die Sonne auf ihren blassen Händen, im Sessel lehnte, stürzte Ada herein, die Augen wirr und ratlos, und machte, unter verhaltenem Weinen, tonlose Bewegungen mit den Lippen. In ihren Händen, die sie, vor Claire hingeworfen, um Claires Hände wand, fühlte die Schwester die Angst der Schwester, ihr könne nicht verziehen werden. Da ließen sie ihre Tränen ausbrechen und küßten einander.

Nun waren alle mit Italien zufrieden; es war blau und gelind, es sang, fächelte und plätscherte mit seinem See, seiner Luft und seinen Menschen. Die drei zusammengereisten Schwestern malten alles mit Herablassung ab, sich bewußt, daß der Süden doch nur billige Wirkungen biete. Der Redakteur aus Augsburg genoß alles mit Kennerschaft. Herr Hermes ruderte auf dem glatten Wasser, und sein Buckel durchsägte den Morgendunst.

Hinter dem Haus, im großen Gemüsegarten, hing Claires Hängematte zwischen zwei blühenden Apfelbäumen. Ada saß vor ihr im Gras, schaukelte sie und las manchmal einige Sätze aus Andersens Märchen. Aber sie hörte immer wieder auf und sah in die Luft, die von Schwalben durchstrichen war. Eine Magd kam vorbei und riet den Fräulein, in den Schatten zu gehen; es werde heiß. Ada und Claire fanden es so mild und so leicht zu leben, als lösten sie sich auf in den Frühling. So mild, als wären sie vorher durch Feuer gegangen.

Auf einmal hörten sie drüben beim Gartenhaus Herrn Schumanns Stimme. Sie konnten, ohne sich zu rühren, durch die Johannisbeerhecken spähen und die Geheimrätin erkennen, die sich in Herrn Schumanns Armen umherwand. Ihr Hund mißverstand sie und fuhr Herrn Schumann an die Beine, der im Schreck wegsprang. Die Geheimrätin rief: »Kusch!«, und Herr Schumann faßte wieder Vertrauen. Ada hatte das Gesicht in Claires Kleid gedrückt und hielt verzweifelt den Atem an. Es war die höchste Zeit, daß Herr Schumann und die Geheimrätin in das Gartenhaus verschwanden; denn Claire und Ada konnten das Lachen keine Sekunde mehr halten. Sie umarmten sich und lachten fassungslos. Davon wurden sie müde, vergaßen das Paar im Gartenhaus und kehrten zurück zu den Märchen.

Erst bei Tisch erinnerten sie sich wieder. Was dieser Herr Schumann für Pickel im Gesicht hatte! Die Geheimrätin machte heute eine matte Piepstimme: zu komisch. Herr Schumann sah immer alle der Reihe nach an, als sei er die Sonne selbst und frage: ›Na, seid ihr nun glücklich, weil ich euch bescheine?‹ Ada und Claire stießen sich an; jetzt kamen sie dran. Und richtig, er trank ihnen zu, seinen kleinen Freundinnen. Sie platzten aus, es ging nicht anders; doch blieb er sonnig und unberührt. Die Geheimrätin fragte, unruhig: »Was haben sie nur?«

Aber Claire und Ada hatten sich gefaßt und hielten der unbekannten Welt ihre hellen Augen groß als Spiegel hin.

Niemand sah sehr lange hinein; man schien den Spiegel unzart zu finden und wenig vorteilhaft. Und wenn ihnen ein Blick auswich, lächelten sie einander zu, ohne recht zu wissen, warum.

Abdankung

Die erste Manuskriptseite von *Abdankung*
in der Handschrift Heinrich Manns

Alle wollten Fußball spielen; Felix allein bestand auf einem Wettlauf.

»Wer ist hier der Herr?« schrie er, gerötet und bebend, mit einem Blick, daß der, den er traf, sich in einen Knäuel von Freunden verkroch.

»Wer ist hier der Herr!« – es war das erste Wort, das er, kaum in die Schule eingetreten, zu ihnen sprach. Sie sahen verdutzt einander an. Ein großer Rüpel musterte den schmächtigen Jungen und wollte lachen. Felix saß ihm plötzlich mit der Faust im Nacken und duckte ihn.

»Weiter kannst du wohl nichts?« ächzte der Gebändigte, das Gesicht am Boden.

»Laufe mit mir! Das soll entscheiden.«

»Ja, lauf!« riefen mehrere.

»Wer ist noch gegen das Laufen?« fragte Felix, aufgereckt und ein Bein vorgestellt.

»Mir ist es Wurscht«, sagte faul der dicke Hans Butt.

Andere bestätigten: »Mir auch.«

Ein Geschiebe entstand, und einige traten auf Felix' Seite. Denen, die sich hinter seinen Gegner gereiht hatten, ward bange, so rachsüchtig maß er sie.

»Ich merke mir jeden!« rief er schrill.

Zwei gingen zu ihm über, dann noch zwei. Butt, der sich parteilos herumdrückte, ward von Felix vermittelst einer Ohrfeige den Seinen zugesellt.

Felix siegte mit Leichtigkeit. Der Wind, der ihm beim Dahinfliegen entgegenströmte, schien eine begeisternde Melodie zu enthalten; und wie Felix, den Rausch der

Schnelligkeit im pochenden Blut, zurückkehrte, war er jedes künftigen Sieges gewiß. Dem Unterlegenen, der ihm Vergeltung beim Fußball verhieß, lächelte er achselzuckend in die Augen.

Als er aber das nächste Mal einen, der sich seinem Befehl widersetzte, niederwarf, war's nur Glück, und er wußte es. Schon war er verloren, da machte sich's, daß er loskam und dem anderen einen Tritt in den Bauch geben konnte, so daß er stürzte. Da lag der nun, wie selbstverständlich – und doch fühlte Felix, der auf ihn herabsah, noch den Schwindel der schwankenden Minute, als Ruf und Gewalt auf der Schneide standen. Dann ein tiefer Atemzug und ein inneres Aufjauchzen; aber schon murrte jemand: Bauchtritte gälten nicht. Jawohl, echote es, sie seien feige. Und von neuem mußte man der Menge entgegentreten und sich behaupten.

Bei den meisten zwar genügten feste Worte. Die zwei oder drei kannte Felix, mit denen er sich noch zu messen hatte; die anderen gehorchten schon. Zuweilen überkam ihn – nie in der Schule, denn hier war er immer gespannt von der Aufgabe des Herrschens –, aber daheim: ihn überkam Staunen, weil sie gehorchten. Sie waren doch stärker! Jeder einzelne war stärker! Wenn dem dicken Hans Butt eingefallen wäre, daß er Muskeln hatte! Aber das war auch so ein weicher Klumpen, aus dem sich alles machen ließ. Felix war allein; sein Geist prüfte, in unruhigen Sprüngen, alle die Entfernten; und seine erregten Hände kneteten an seinen Gesichtern und stießen sie fort.

Dabei fand er für den und jenen geringschätzige Namen. Fast allen schon hatte er sie aufgenötigt, und als der neue Klassenlehrer fragte, wie sie hießen, hatte jeder den seinen angeben müssen: Klops, Lump, Pithekos. Ja: da stand der englisch gekleidete Weeke als Pithekos, und Graupel, dessen Vater der Bürgermeister war, schimpfte sich Lump: weil Felix es ihnen befohlen hatte. Felix aber trug einen gewendeten Anzug; und seit auf der letzten ihrer abenteuerlichen Fahrten sein Vater – er konnte nur ahnen, wie – ums Leben gekommen war, beherbergten seine Mutter und ihn drei dürftige Zimmer in dieser Stadt – wo nun geschah, was er wollte.

Denn wie er den Kameraden die Spitznamen auferlegte, machte er die der Lehrer unmöglich. Niemand konnte sie mehr ohne Scham aussprechen. Dem Schreiblehrer, an dem so lange der Feigste sein Mütchen gekühlt hatte, erzwang er eine achtungsvolle Behandlung. Durch Einschüchterung und Spott brachte er es in Mode, sich auf die Mathematikstunden nicht vorzubereiten. Als aber der Professor, dem jemand geklatscht haben mußte, die Klasse warnte, sich von einem Unbegabten zur Trägheit verführen zu lassen, erkämpfte Felix in acht Tagen die beste Note und erklärte es für Kinderspiel. In Wirklichkeit hatte er seinem Kopf Gewalt angetan und wußte nicht wohin vor Gereiztheit. Dem Professor, der ihn durch Auszeichnungen zu gewinnen suchte, begegnete er beflissen und unnahbar. Bis zur nächsten Stunde setzte er durch, daß das eiserne Lineal erhitzt werden sollte. Das geschah hinter der Turnhalle. Wie Felix die Zweifler überzeugen wollte, daß der Professor immer im Eifer der Demonstration plötzlich mit ganzer Hand nach dem Lineal fasse, tat unbedacht er selbst den Griff und schrak zurück. Es ward gelacht. »Wer anderen eine Grube gräbt«, hieß es, und: »Er kann es selbst nicht aushalten.«

Felix' Augen, die die Runde machten, wurden dunkel. Als das heiße Eisen zwischen Hölzern hineingetragen ward, ging er stumm hinterher. Alle saßen auf den Plätzen, der Schritt des Professors war zu hören; da nahm Felix das Lineal vom Pult und stieß es in sein aufgerissenes Hemd. Wie Rauschen ging's durch die Klasse. Was sie hätten, warum niemand aufmerke, fragte der Professor. Felix meldete sich und gab, mit weißen Lippen, die Antwort.

Dann saß er wieder da und hatte, hinter seinem gekrampften, einsamen Lächeln, das eine, manchmal von den Schmerzen übertobte Bewußtsein, daß sie alle, die er nicht ansah, voll Grauen, in Unterworfenheit und mit Wallungen der Liebe durch die Finger zu ihm herschielten und daß er hoch über ihnen schwelge und sie maßlos verachte.

»Feuer ist nichts für euch«, sagte er, als er nach drei Tagen wiederkam; »aber Wasser!«

Er öffnete den Brunnen.

»Butt! Unter die Pumpe!«

Butt gab faul seinen Kopf her.

»Weeke! Graupel!«

Sie kamen. Einer nach dem andern duckte sich unter den Strahl: albern lachend und knechtisch; weil auch der vorige es getan hatte; weil es ein Witz sein konnte; weil Felix zu widerstehen gegen Klugheit und Sitte ging.

Wie es von allen Schöpfen auf die Dielen tropfte und der erbitterte Ordinarius vergeblich nach dem Anstifter umherfragte, stand Felix auf.

»Ich habe sie alle getauft«, erklärte er gelassen und nahm sechs Stunden Karzer entgegen.

Er stand auch auf, weil einer »Kikeriki« gerufen hatte und niemand sich meldete. Nicht er war's gewesen. Das nächste Mal zog er sich einen Tadel im Klassenbuch zu dadurch, daß er seine Grammatik dem Hintermann zum Ablesen hinhielt. Wenn er sie tyrannisierte, fühlte er sich auch verantwortlich für ihre Sünden und für ihr Wohlergehen. Er konnte sie nur als Sklaven ertragen; aber wo nicht er selbst befahl, hielt er eifersüchtig auf ihre Würde. Ein kürzlich eingetroffener Landjunker überhob sich: Felix kam darüber zu, wie er in der Mitte eines neugierigen Kreises stand, seinen ausgestreckten Arm für den Radius erklärte und ihn plötzlich rundum über die Gesichter fegte.

»Von welchem Hundekerl laßt ihr euch da ohrfeigen?« schrie Felix glühend.

»Nimm dich in acht, guter Freund«, sagte der junge Graf, mit einem Blick von oben nach unten. Felix stieß, außer sich, die Arme in die Luft.

»Sprich so mit deinem Kuhjungen, nicht mit mir, nicht mit –«

Die Sprache versagte ihm.

»Du möchtest wohl Prügel?« fragte sein Feind. Der Kreis öffnete sich und wich zurück.

»Und du?« – vorspringend. Plötzlich bezwang er sich, schob die Hände in die Taschen.

»Prügel von mir sind zu gut für dich; aber ich *lasse* dich prügeln!«

Zu den andern:

»Verhaut ihn! ...Nun? Er hat euch beleidigt. Macht euch das nichts? Er hat auch mich beleidigt. Ihr kennt mich. Nun?!«

Von seinen Worten, seinen Blicken kamen sie ruckweise in Bewegung. Sie lugten einer nach dem andern aus, suchten mit den Ellenbogen Fühlung: da, alle auf einmal, warfen sie sich auf den Angreifer ihres Herrn. Er fiel um; ihr Erfolg machte sie wild. Felix lehnte an der Mauer und sah zu.

»Genug! Er blutet!

Jetzt vertragt euch wieder!«

Und der verblüffte Neuling ward in die Schar aufgenommen, lernte gehorchen mit der Schar.

Felix übte sie. Der, dem er zurief: »Er lebe wohl!«, hatte in wahnsinniger Hast zu verschwinden; und auf die Frage: »Wie geht's Ihm?« war es Gesetz, zu erwidern: »Mäßig«; worauf Felix, mit gekrümmter Lippe: »Es scheint so.« Irgendeiner mußte nach Dunkelwerden zur Stadt hinaus; mußte den Weg schweigend zurücklegen und an einem bestimmten Hause sein Bedürfnis verrichten. Es war nicht sicher, daß Felix von Verstößen gegen seine Gebote nicht auf mystischen Wegen Kenntnis erlangt haben würde; und je derber sie der Vernunft zuwiderliefen, desto fanatischer wurden sie ausgeführt. Der junge Graf brachte es dahin, daß er Punkt vier Uhr, allein in seinem Zimmer, einen Stock schwenkte und dreißigmal hurra schrie. Und nach jedem Hurra rief ein anderer, der vor dem Hause stand, hinauf: »Du Schaf!« Tägliche Pflicht des dicken Hans Butt war es, sich während der längsten Pause in die leere Klasse zu schleichen, sich auf den Boden zu legen und mit geschlossenen Augen zu harren, daß Felix ihn »entsündige«. Felix kam die Treppe herauf, zwischen vier Trabanten, die an der Tür stehenblieben und das, was vorging, nicht mit Augen schauen durften. Er umkreiste dreimal den ausgestreckten Butt; kein Atem ging in dem weiten Zimmer; und ließ sich rittlings auf den Bauch des Patienten fallen. Butt konnte aufstehen.

Wenn er Butts Fett unter sich zittern und weichen fühlte, war Felix versucht, sich darauf auszuruhen. Er hatte die Empfindung, daß Butts Sünden wirklich in sein eigenes Fleisch hinüberflössen; die tierische Apathie des andern versuchte ihn; eine Gemeinschaft entstand, die ihn selbst anwiderte.

Butt stammte aus einer Gärtnerei und war durchtränkt mit dem friedlichen Geruch erdiger Gemüse, nach dem es Felix immer wieder verlangte wie nach einem Gift, das verachtete Wonnen verspricht. Butts Schnaufen lockte ihn an; und Felix brauchte auf seinem brennenden Lauf nach einem Ziel, einer Tat nur in Butts Nähe zu kommen: Butt hing, hingewälzt, an der sonnigen Mauer: dann mußte Felix anhalten; Butts Dunst fing ihn ein. Er schob – und bekam nie genug davon – diesen willenlosen Kopf hin und her, der hängenblieb, wie man ihn hängte; hob diese trägen Gliedmaßen und ließ sie fallen; versenkte sich, mit einem erschlaffenden Grauen, in Butt wie in einen lauen Abgrund. Ein wütender Fußtritt bezeichnete den Augenblick, wo er wieder heraufkam.

Sein Schlaf ward unruhig; er erwachte manchmal mit Tränen bitterer Begierde und erinnerte sich schambestürzt, daß er im Traum Butts Körper betastet habe. Und er sann sich, mit Verachtung und Neid, in solch ein Wesen hinein, dessen Schwere nichts aufrüttelte, kein Ehrgeiz, kein Verantwortlichkeitssinn, weder die Not der selbstgeschaffenen Pflichten noch die jener Seltsamkeiten, die sich nicht gestehen ließen. Wenn die Unterworfenen einen Blick hätten tun können in das, was ihr Beherrscher verbarg! Daß er ihre Antwort auf den rituellen Zuruf: »Wie geht's Ihm?« mit immer neuer Qual erwartete. Daß er das Ausbleiben dieses entsetzlichen »Mäßig« selbst während der Unterrichtsstunde nie ertragen haben würde und dem Zwang erlegen wäre, zur Erlangung seines Tributs dem Lehrer laut ins Wort zu fallen. Daß er die Schritte eines, den er zu sich beschied, zählen und abergläubische Schlüsse aus ihrer Summe ziehen mußte. Daß er – es ging nicht anders – jemanden, den er durch ein »Er lebe wohl!« zum jähen Verschwinden bestimmt hatte, in Angst und Eile von beiden Seiten, von vorn und nochmals von links ansah, als gälte es, ihn für immer auswendig zu lernen, und daß, hatte er dies nicht fertiggebracht, Stunden voll Pein kamen.

Wie leicht sie's eigentlich hatten, die, die sich ihm ergaben, ihn statt ihrer wollen ließen und nun ruhig schliefen. Ob man sich solch ein gemeines, stumpfsinniges Dasein wünschen sollte? Ach, manchmal wäre es eine Wohltat gewesen, jemand zu haben, der einem Befehle gäbe, einem alles abnähme. Felix stand in der Nacht auf, stellte sich mit der Kerze vor den Spiegel und ließ sich von seinem Gegenüber zurufen: »Streck die Zunge raus! Leg zwei Finger an die Stirn!

Nein, was für ein Unsinn! Das bin ich ja wieder selbst.«

Mit einem Blick des Überdrusses wandte er seinem Abbild den Rücken.

Dann rächte er sich an denen, die es soviel leichter hatten, machte die Probe, wie weit sich's wohl treiben ließ mit ihnen.

»Runge, spuck dem Butt ins Gesicht! ...Jetzt spuckt Butt den Weeke. Und Weeke den Graupel. Und so weiter.«

Sie taten es! Es war fabelhaft.

»Wer den andern auf die Nase trifft, wird mein Trabant!«

Er dachte: ›Merken sie denn gar nicht, was sie tun? Sie jubeln! Warum zwingen sie mich, sie so furchtbar zu verachten? Da stehe ich ganz allein. Mich spuckt keiner, darauf verfallen sie nicht. Ich hätte wirklich Lust; oh, ich darf nicht; aber ich hätte Lust...‹ Er holte, erregten Gesichtes, Butt aus dem Gedränge und sagte ihm etwas ins Ohr. Butt sah ihn tief erschrocken an.

»Wird's bald?« flüsterte Felix; und da Butt unschlüssig blieb, erhob er die Hand.

»Entweder oder!«

Da tappte Butt einen Schritt rückwärts, und vor aller Augen spie er Felix mitten auf die Stirn.

Entsetzte Stille brach ein. Felix lachte leichtsinnig.

»Jetzt kommt was Neues. Ich tue alles, was Butt sagt.«

Die Menge blickte auf Butt und jauchzte befreit.

»Nun, Butt? Sag mal was! Was soll ich tun? Weißt du nichts? Soll ich rechtsum machen?«

Butt blieb ratlos, und die Menge krümmte sich.

»Soll ich auf einem Bein hüpfen? Hast du denn gar keine Phantasie? Befiehl mir doch dasselbe, was ich dir befohlen habe!«

Butt wagte mißtrauisch:

»Heb den Arm auf! Laß ihn wieder fallen!«

Felix tat es; und Butt wußte nicht weiter.

Aber in jeder Schulpause kam Felix auf das neue Spiel zurück. Er legte Butt nahe, was er ihm aufgeben solle.

»Du kannst alles von mir verlangen, was ich sonst von dir verlangt habe; hörst du: alles... Was mußtest du um diese Zeit immer tun?«

»Ich mußte mich entsündigen lassen«, sagte Butt und wollte schon hin.

»Nein, ich!«

Und Felix ging hinauf und streckte sich auf den Boden. Mit geschlossenen Augen: »Weiter, Butt!«

Einige stießen Butt vor; andere zerrten ihn wieder zurück.

»Weiter, Butt!«

Butt schwankte ins Zimmer hinein. Er machte die Runde um Felix: einmal, zweimal und das drittemal.

»Was kommt jetzt, Butt?«

Alles hielt den Atem an. Den Finger am Mundwinkel, stand Butt und glotzte auf Felix hinab.

»Nein, das geht nicht!«; und er machte kehrt.

»Butt, du tust es!«

»Nein, das darf er nicht!« rief die Menge mit Entrüstung; – und sooft Felix hiervon wieder anfing, hinderte ihn derselbe dumpfe Widerstand. Er erfand ein anderes Mittel, Butt zu seinem Herrn zu machen.

»Butt, wo geht der Weg? Gradaus oder um den Baum herum?«

Butt antwortete in zweifelndem Ton, Felix tat, was er vorschrieb, und alle lachten Beifall.

Es war die Zeit der Schulausflüge.

»Butt, wo geht der Weg? Über die Brücke oder durch den Bach?«

Und Butt, Mut fassend:

»Durch den Bach!«

Felix sprang hinein, ohne nur die Füße zu entkleiden.

Wenn es zur Stunde läutete, fragte er noch rasch:

»Butt, wo geht der Weg?«

»Die Treppe hinauf!«; und Butt grunzte.

›Wenn er gesagt hätte: nach Hause‹, dachte Felix, ›ich hätte es tun müssen; ich hätte es unbedingt tun müssen.‹ Ein Versuch lockte ihn angstvoll.

»Der Weg kann auch mal unter den Tischen durchgehn«, erklärte er; und während der nächsten Stunde fragte er: »Butt, wo geht der Weg?«

»Unter den Tischen durch«, sagte Butt und machte vor Schreck die Augen zu. Als er sie öffnete, war Felix fort.

»Was hat denn der dort unten zu suchen?« rief der Professor.

Blutrot, mit wirrem Blick kam Felix unter der letzten Bank hervor. Oh, die grausame Selbstvergewaltigung, die todverachtende Hingabe, mit der er sich hinabgestürzt hatte! Herrlicher fühlte dies sich an, als wenn sie auf seinen Befehl einander verprügelt hatten. Er begegnete, voll eines entsetzlich süßen Stolzes, in den Augen, die ihn untersuchten, der beginnenden Schadenfreude.

Bis dahin hatte Felix keinen Freund gehabt, hatte außerhalb der Schule mit niemand verkehrt. Jetzt trennte er sich nicht mehr von Butt, brachte ihm die fertigen Arbeiten, blieb bei ihm sitzen und sah ihn inständig an.

»Butt, wo geht der Weg?«

»In die Ecke... Die Treppe siebenmal rauf und runter... Ins Hundehaus.« Damit war Butt erschöpft. Unvermutet aber fand er etwas Praktisches.

»Zum Bäcker, Apfelkuchen holen.«

Dies wiederholte er, solange Felix' Mutter noch Geld gab.

»Butt, wo geht der Weg?«

»Zum Kuckuck.«

Und Felix lief vors Tor hinaus, strich mit Herzklopfen durch die Büsche, horchte, errötend und erblassend, in den Wald hinein und atmete, wie der Kuckuck rief, leidenschaftlich auf, als sei ihm das Leben geschenkt.

In der Schule prahlte Butt mit seiner Macht über den,

dem alle gehorchen. Aber er bekam von ihnen Püffe dafür. Felix versuchte zu lachen, schämte sich gleich darauf seiner Verstellung und erklärte:

»Butt ist mein Freund: was geht es euch an?«

Er ward mißbilligend und scheu betrachtet; in den Winkeln tuschelte es über ihn; freche Blicke wagten sich hervor; ein kleiner Naiver trat an ihn hinan.

»Ist Butt eigentlich mehr als du?« fragte er hell.

Felix senkte, rot überflogen, die Stirn. Niemand sprach.

Alles Glück, auf das Felix sann, sollten die Sommerferien bringen, wenn er mit Butt allein wäre. Er erreichte es, daß seine Mutter auch dem Gärtnerssohn den Aufenthalt am Ukleisee bezahlte. Das Bauernhaus stand halb im Wasser. Aus ihrem Fenster fischten sie. Durch das von waldigen Ufern schwarz beschattete Wasser schwankte ihr plumper Kahn. Felix schoß Stöcke ins Wasser: das waren Torpedos; und verkündete Butt, seinem Kapitän, den Sieg. Butt ließ sich zu stolzen Kommandorufen hinreißen; aber als Felix ihm einen der Stöcke, den er aus dem Wasser zog, wegnahm und dabei behauptete, das sei ein Hai, er habe seinen Kapitän gerettet und dem Hai eine Stange durch den Rachen und den ganzen Leib getrieben, da kam Butt nicht mehr mit, erklärte alles für Unsinn und streckte sich ins Boot.

»Butt, wo geht der Weg?«

»Ins Wasser, das Boot schieben.«

Felix schwamm und schob. Er ermüdete.

»Butt, wo geht der Weg?«

Butt lag mit den Händen unter dem Kopf, blinzelte, schnaufte und genoß. Halbschlafend gedachte er der Zeit, als er für Felix umhergesprungen war, vor ihm gezittert hatte, sich von ihm hatte entsündigen lassen.

»Weiter«, brummte er. Eine Weile darauf mußte Felix gestehen: »Ich kann nicht mehr. Wo geht der Weg?«

Butt wußte etwas Neues.
»Zu den –«
Aber er unterbrach sich, gutmütig grunzend.
»Ins Boot zurück.«
»Was wolltest du sagen, Butt?«
Felix war außerstand, sich darüber zu beruhigen. Butt erlustigte sich in seiner Erregung. In der Nacht ward er wachgerüttelt. Felix stand im Hemd vor seinem Bett.
»Butt, wo geht der Weg?«
»Donnerwetter, jetzt hört's auf! Zu den Fischen hinunter geht er!«
Im nächsten Augenblick, mit Geschrei:
»Nein! Nicht zu den Fischen! Ins Bett!«
Felix stieg zögernd von der Fensterbank herab.
»Du hast es doch gesagt.«
»Es war nicht wahr. Laß mich in Ruhe.«
»Du hast es aber doch gesagt.«
Am Morgen, als erstes Wort nach fiebrigem Schlaf, und unermüdlich Tag für Tag:
»Geht der Weg wirklich nicht zu den Fischen hinunter?«
»Na also: ja«, machte Butt manchmal; aber dann rief er Felix zurück.
Die Schule fing wieder an. Felix betrat sie mit blassen, gehöhlten Wangen und starrem Blick. Er hatte keinen Sinn für die Vorgänge bei den anderen, für das, was Butt ihnen erzählte, für ihr Gelächter, wenn er sich zeigte. Von Zeit zu Zeit kam einer auf ihn zu, versetzte ihm wortlos einen langsamen Stoß mit der Schulter; und nach dieser Absage an den einstigen Herrn ging er mit saurer, strenger Miene weiter. Die Lider gesenkt, schlich Felix nur immer Butt nach, flüsterte etwas; Butt stieß mit der Schulter, wie die anderen: »Wer weiß!«; und Felix stammelte qualvoll:
»Du hast es aber gesagt.«

Eines Morgens war er nicht da. Am zweiten Tage erst fand Butt unter seinen Heften den Zettel, auf den Felix geschrieben hatte:

»Der Weg ging *doch* zu den Fischen hinunter.«

Nachwort
von Ariane Martin

1900 erscheint Ellen Keys *Das Jahrhundert des Kindes*, am 4. November 1901 wird in einem Hinterzimmer des Steglitzer Ratskellers der Name ›Wandervogel‹ erfunden, 1912 veröffentlicht Hans Blüher sein heftig umstrittenes Buch *Die deutsche Wandervogelbewegung als erotisches Phänomen*. Im Oktober 1913 veranstaltet die deutsche Jugendbewegung ihr Fest auf dem Hohen Meißner, und die ›Freideutsche Jugend‹, eine Gruppe von Studenten, verkündet programmatisch mit der ›Meißnerformel‹, man wolle sein »Leben nach eigener Bestimmung, vor eigener Verantwortung, in innerer Wahrhaftigkeit gestalten«.

Literatur und Kunst um 1900 hatten das Alter der Kindheit und Pubertät längst entdeckt. So erscheint ab 1896 die Wochenschrift ›Jugend‹ in München, von der der Jugendstil seinen Namen erhält. Aber außer der stilisierten und mythisierten Jugend als Kunstobjekt, außer der dekorativen Qualität dieses Lebensalters, hat das Thema auch lebensphilosophische Prämissen; Autoren mit kritischen Positionen formulierten diese häufig in Schulgeschichten: Man denke an Robert Walsers *Jakob von Gunten* (1909), die Erlebnisse Hanno Buddenbrooks in den Schlußpartien von Thomas Manns *Buddenbrooks* (1901), an *Stephen Hero* (1904–1906), die autobiographische Vorstufe zu James Joyces *A Portrait of the Artist as a Young Man*, an Robert Musils *Die Verwirrungen des Zöglings Törleß* (1906) oder auch an Hermann Hesses *Unterm Rad* (1906), das schnell zu den meist gelesenen Büchern dieses Jahres avancierte. Ein Jahr davor, 1905, war Heinrich Manns

Professor Unrat erschienen, ein Roman, in dem das gängige Schema der Darstellung des Schullebens umfunktioniert wird und nicht mehr der leidende oder vom inhumanen System der Schule entsprechend geprägte Jugendliche im Mittelpunkt steht. Und doch wird Heinrich Mann das Problem der Macht auch anhand der Nöte Jugendlicher darstellen, bietet die Pubertät doch ein geeignetes Feld, um Zustände der Ambivalenz, des ›nicht mehr‹ und ›noch nicht‹, um die Suche nach Identität zu charakterisieren.

Am 20. November 1906 wird Frank Wedekinds ›Kindertragödie‹ *Frühlingserwachen* (die 1891 schon vorlag) uraufgeführt. Das Thema der pubertären Sexualität, die durch Konventionen in ihren Rechten unterdrückt wird, schockierte das in wilhelminischen Moralvorstellungen befangene Publikum. Heinrich Manns ›Frühlingserwachen‹ heißt *Stürmische Morgen* und erscheint 1906 als seine vierte Novellensammlung bei Albert Langen in München.

Die vier Novellen greifen das in der Literatur um 1900 vielbehandelte Thema der Probleme Heranwachsender auf und erzählen – teils in einem expressiven Dialogstil, teils in erzählender Innenperspektive – mit psychologischem Scharfblick Pubertätskrisen. Die Gefühlsverwirrungen der jugendlichen Helden werden nicht naturalistisch ausgemalt, sondern in häufig gedrängten, gelegentlich ins Visionäre gesteigerten Szenen dargestellt. Ob Heinrich Mann hier nun das Pathos oder die Ironie wählt – er versucht durch die Erzählweise das Persönliche transparent zu machen als eine Dimension des Allgemeinen. An den Novellen ist der Versuch der Objektivierung ablesbar. Zugleich aber sind Thematik und Modus ihrer Darstellung immer auch Selbstreflexion, Selbstdarstellung des Autors. Im Sinne dieses selbstidentifikatorischen Moments will der Autor mit diesen Novellen Abschied nehmen von seinem Jugendwerk, seinen stürmischen Morgen, die er noch einmal Revue passieren läßt, deren Themen er noch einmal anspricht. Abschied vielleicht von seinem Jugendwerk, aber nicht von der Jugend, da bei Heinrich Mann das Thema immer präsent bleibt: »Wir bleiben immer jung« – heißt der letzte Satz des Altersromans *Empfang bei der Welt* (beendet 1945).

In *Stürmische Morgen* greift der Autor nicht nur das um 1900 immer wieder variierte Thema der Individuation auf, sondern er benutzt es als Transportmittel der eigentlichen Botschaft. Der naturmetaphorische Titel der Sammlung verweist auf dynamische Aufbruchstimmung, auf extreme Intensität, wie zuvor schon der 1905 publizierte Novellenband *Flöten und Dolche*. Kunst und Leben waren dort das Thema und bleiben es, anders hergeleitet und mit neuem Schwerpunkt, auch in *Stürmische Morgen*. Konkretisiert wird diese zeittypische und autorspezifische Spannung als Konflikt zwischen Idealität und Realität. Die Kunstthematik des Frühwerks wird hier generalisiert. Heinrich Mann stellt den Ästhetizismus als Pubertätsproblem dar; ihn zu überwinden, heißt erwachsen zu werden.

Wenn Jugendstil, wie der Name verrät, nach einem Wort von Theodor W. Adorno die in Permanenz erklärte Pubertät ist, Utopie, welche ihre eigene Unrealisierbarkeit diskontiert, dann hat die Novelle *Der Unbekannte* genau dies zum Thema. Ein Fünfzehnjähriger verliebt sich in eine verheiratete Frau. Die Dame kennt ihn nicht, weiß nichts von ihm und seinen Gefühlen. Der Junge leidet unter dem Eros der Ferne, genießt aber auch seine Phantasien. Er sieht sie blaß, schweigsam, müde und kränklich leidend, er glaubt sie von Geheimnissen, von Intrigen und Verbrechen umgeben und schließlich todkrank. Damit stilisiert dieser Raffael die Auserwählte wie der junge Heinrich Mann seine Frauenfiguren in den Novellen der neunziger Jahre (z. B. *Das Wunderbare* oder *Ist sie's?*) zur Femme fragile, einem typischen literarischen Frauenbild der Jahrhundertwende. Zur Desillusionierung des Pubertären kommt es am Ende: die scheinbar angegriffene Gesundheit der Angebeteten stellt sich, was dem Leser auch vorher nicht entgangen ist, als Schwangerschaft heraus, und Mutterschaft widerspricht doch so ganz dem zerbrechlichen, artifiziellen Wesen einer Femme fragile.

Unübersehbar ist jedoch nicht nur der selbstkritische Rückblick auf Tendenzen des eigenen Jugend-Werks, dessen Todessehnsucht und Ich-Fixierung, dessen Jugendstil-Ästhetizismus und Neu-Romantik Heinrich Mann hier mit unreifer pubertärer Erotik gleichsetzt. Über die werkbiographische Ebene hinaus reichen autobiographische Bezüge: Heinrich und Thomas, die Söhne eines hanseatischen Kaufmanns und einer Deutschbrasilianerin, beziehen sich mit dem gemeinsamen Thema des Künstler-Bürger-Dualismus auf ihr Elternhaus in Lübeck. »Man kennt meine Herkunft ganz genau aus dem berühmten Roman meines Bruders. Nachdem wir zwei dicke Bände lang hanseatische Kaufleute gewesen waren, brachten wir es endlich kraft romanischer Blutmischung – laut Nietzsche bewirkt so etwas Neurastheniker und Artisten – bis zu Künstlertum« (Heinrich Mann; 1904). Die »romanische Blutmischung« ergibt Künstlerblut, und die Legitimierung seiner Schriftstellerexistenz begründet Heinrich Mann so gut wie der jüngere Bruder mit seinem mütterlichen Erbe. Die Mutter Julia Mann, geborene da Silva-Bruhns, ist das Vorbild für Estela, die Dame, die den ihr Unbekannten so stürmisch bewegt und deren Typus man aus den *Buddenbrooks* kennt. Wie die Konsulsgattin Gerda Buddenbrook ist Frau Konsul Vermühlen bei Heinrich Mann eine Fremde mit südlicher Herkunft und künstlerischen Interessen. Sie kommt von »dort unten« und scheint ein »bißchen Komödiantin« [S. 41] zu sein.

Kein Wunder also, daß Heinrich Manns späte Zeichnungen, die er in den vierziger Jahren zur Selbstverständigung anfertigte, um längst Vergangenes zu vergegenwärtigen und Erinnerungen an seine ersten zwanzig Jahre festzuhalten, verblüffende Ähnlichkeiten mit seiner Erzählung *Der Unbekannte* erkennen lassen [vgl. die Abb., S. 34, 42, 52 und 68]. Die autobiographischen Details der Novelle, die man auf den von Heinrich Mann sorgsam mit Jahreszahlen fixierten Zeichnungen wiedererkennt oder erahnt, sind Thomas Mann sofort aufgefallen. »Die Einzelheiten, die mir am meisten Vergnügen gemacht haben, kennst du selbst; es sind sicher die, die auch Dir am meisten Vergnügen gemacht haben«, schreibt Thomas Mann seinem Bruder zu der Novelle, und: »wie rührend und echt ist das Ganze! Das Verhältnis des Schuljungen (dieses Schuljungen) zur Welt, zu dem Treiben im Elternhaus! Du mußtest das einmal machen« [vgl. Materialien, Nr. 13]. Der Schuljunge, »dieser Schuljunge«, ist sicher auch der Schüler Heinrich Mann, der wohl um 1886 des öfteren »betäubt von sechs Schulstunden [...] durch die winkeligen Straßen« [S. 35] Lübecks geschlendert ist. Aber der »gewöhnliche Bücherträger« [S. 35, 36] Raffael, der sich besonders dünkt und es in gewissem Sinne auch ist, erinnert nicht nur an die Lübecker Gymnasialzeit. Er hat auch ein literarisches Pendant in Heinrich Manns *Professor Unrat*. Dort ist die heimliche Liebe des siebzehnjährigen Schülers Lohmann eine dreißigjährige Konsulsgattin Breetpoot, die im Typus der geborenen da Silva-Bruhns ähnelt. Im Roman *Zwischen den Rassen* schließlich, den Heinrich Mann 1905 zu schreiben beginnt, identifiziert er sich mit seiner Heldin, die wie er und wie die Mutter »romanischer Blutmischung« ist.

Hinzu kommt noch ein aktueller Bezug für die Präsenz dieses Frauentypus: Inés Schmied, Geliebte und Verlobte Heinrich Manns, die er 1905 kennenlernt, ist Tochter eines Deutschen und einer Argentinierin. »Du weißt, daß auch das Gefühl in meiner vorigen Novelle [*Der Unbekannte*] von Dir kam!« [vgl. Materialien, Nr. 1] schreibt Heinrich Mann an Inés Schmied. In seiner Beziehung zu Inés Schmied erlebt Heinrich Mann die Liebe als etwas Wirkliches. Damit ist sie von anderer Qualität als die einseitige Sehnsucht des Eros der Ferne. Sympathie und Verständnis behält er aber dennoch für diese Sehnsuchtsliebe. »Du mußt dich erinnern: es war mir keine Liebe begegnet und Nichts, was mir geliebt zu werden, werth schien«, schreibt er an die Geliebte am 25. Juli 1905. Der »Mangel an Nahrung für meine Zärtlichkeit«, wie er es nennt, mußte den Ausweg in die Phantasie nehmen, die dann aus Mangel an Wirklichkeit enttäuscht wird.

Die Geschichte, die die Novelle *Abdankung* erzählt, ist eine Geschichte von Macht und Unterwerfung, von Herrschaft und Knechtschaft. Man erfährt, daß das Konkurrenzprinzip durchsetzungsfähiger ist als das Prinzip der Gemeinschaft – »Wettlauf« statt »Fußball« [S. 95] – und daß Trägheit und Gleichgültigkeit zu Unterwerfung führen. Man erfährt, daß Macht einsam macht und nicht unendlich steigerbar ist und daß sie sich schließlich gegen sich selbst richtet. Erzählt wird auch vom Versuch der Identitätsfindung und von der Sehnsucht eines Einsamen nach Liebe.

Abdankung eröffnet eine Vielfalt von Aspekten: der Schüler Felix ist kein Träumer wie Raffael, sondern ein Täter, ein ›Machtmensch‹. Schmächtig und schwach, unterwirft er doch die körperlich Überlegenen. Ein Underdog zwingt seinen besser situierten Mitschülern seinen Willen auf. Mißachtet einer das »Gesetz«, kommt einer den diktierten Ritualen nicht nach und verweigert die formalisierten Unterwerfungsgesten, so wird das streng geahndet. Felix' »Geboten« kann sich niemand widersetzen, im Gegenteil: »je derber sie der Vernunft zuwiderliefen, desto fanatischer wurden sie ausgeführt« [S. 100]. Ist dieser Schüler Felix eine Art kleiner Hitler?

Thomas Mann hat Hitler einen »Viertelskünstler« genannt, einen Künstler »auf der Stufe der Verhunzung« (*Bruder Hitler*; 1939).

Der Tyrann Felix hat Züge eines Künstlertypus, den der von der Philosophie Friedrich Nietzsches geprägte Heinrich Mann in den Jahren um 1905 immer wieder beschreibt. Es ist der einsame Artist, der Form-Künstler. Im Essay *Eine Freundschaft – Gustave Flaubert und George Sand* (1905) hatte Heinrich Mann sich von der Menschenfeindschaft des ›l'art pour l'art‹-Ästheten und seiner lebensfernen Kunst gelöst. Wird in *Abdankung* einmal mehr der Bankrott eines solchen ›Künstlers‹ vorgeführt? Ja. Aber die Kritik am pervertierten Künstlertum meint mehr als nur den ›Künstler‹.

Über eine Szene von Wedekind (1914) schrieb Thomas Mann, sie sei »ungeheuerlich«, »nichts hat mich getroffen wie sie«. Fasziniert war er von dem »Problem des Wahnsinns«, wie er es dort behandelt fand. Ein gescheiterter Moralist reißt sich von seinen »Illusionen« los und entzieht sich dem bürgerlichen Leben, indem er freiwillig in eine »Anstalt« geht. Und Thomas Mann kommentierte: »Aber dahinter spukt und lockt ein Mysterium. Es ist das Mysterium der Abdankung. Wer es fassen kann, der fasse es.«

Heinrich Mann hatte die Erzählung *Abdankung* seinem Bruder gewidmet. Thomas Mann las die Novelle dann auch gleich »unverzüglich und begierig«, und seine Identifikation mit dem jungen Helden der Novelle ist beachtlich. Er schreibt noch am 22. Januar 1906, am gleichen Tag, an dem die Novelle im ›Simplicissimus‹ erscheint, an Heinrich: »Ich will Dir gleich meinen Eindruck mittheilen. Dies seltsam seltsame, tiefe Ding, das in höchster Abgeschlossenheit und Concentration, in raschen, starken, bedeutenden Pointen die perverse Tragödie des Genies als Schulknabengeschichte giebt, ist in meinen Augen das Innigste und Außerordentlichste, was Du geschrieben hast. Dies ist freilich das Urtheil eines Interessirten, den mit diesem Gebilde all das verbindet, was für die Welt in der Widmung seinen sichtbaren Ausdruck gefunden hat. Die Arbeit steht mir so nahe, daß ich sie fast als von mir empfinde [...]. Mit einem Worte: ich nehme nicht Theil, ich *habe* Theil daran« [vgl. Materialien, Nr. 11]. Nun könnte man auch weniger speziell schon über den Titel der Sammlung *Stürmische Morgen* Bezüge zu Thomas Mann vermuten. Denn er erinnert an den der Schülerzeitschrift ›Der Frühlingssturm‹, die Thomas Mann 1893 mit herausgegeben hatte. Die gemeinsame Kindheit der Brüder in der Lübecker Beckergrube stiftet einen weiteren, für Thomas nicht unwesentlichen Bezug zur Novelle des Bruders. Wie erklärt sich aber Thomas Manns enthusiastische Identifikation gerade mit dem Jungen in *Abdankung*? Welches mögen nun die »guten Gründe« [siehe Materialien, Nr. 10] gewesen sein, die Heinrich Mann zu der Widmung bewogen?

Zunächst ist – auch ohne einen Bezug zu Thomas Mann – in der Literatur nach 1900 durchaus Ähnliches wie *Abdankung* zu finden. Verblüffende Übereinstimmungen in der Behandlung des Themas der Macht gibt es zum Beispiel in einer anderen »Schulknabengeschichte« von 1906, in Musils *Die Verwirrungen des Zöglings Törleß*. Diese Pubertätsstudie gilt als Bild kommender Diktatur und der Vergewaltigung des einzelnen durch das System. Es geht um ein Opfer-Täter-Verhältnis mit sadistischen und homosexuellen Komponenten. Anders als etwa Hans Giebenrath in Hermann Hesses *Unterm Rad*, der den engen, erotisch gefärbten Freundschaftsbund mit einem Mitschüler als Erfahrung schöpferischer Individualität und damit als Gegensatz zu der Untertanen heranzüchtenden, obrigkeitsstaatlichen Institution Schule erfährt, anders als dieser empfindet Törleß seine homoerotischen Wünsche als »bedrohlich«. Das Opfer von Törleß und seinen beiden Mittätern Reiting und Beineberg, der Schüler Basini, hat im Typus Ähnlichkeit mit Hans Butt aus *Abdankung*. Butt ist »faul« und »dick« [S. 95], er verkörpert die Passivität. Die Wahrnehmung von Butts Körperlichkeit beim sadistischen Ritual der »Entsündigung« [S. 100] provoziert bei Felix homosexuelle Empfindungen. Aufreizend wirkt Butts Geruch nach Erde, »nach dem es Felix immer wieder verlangte wie nach einem Gift, das verachtete Wonnen verspricht« [S. 100]. Auch Basini hat »weiche, träge Bewegungen und weibische Gesichtszüge. Sein Verstand war gering«, auch er verkörpert das passive Prinzip. Als Törleß Basinis nackten gequälten Körper wahrnimmt, erkennt er mit »Befremden«, daß »er sich in einem Zustande geschlechtlicher Erregung befand. [...] Er schämte sich dessen.« Die Erinnerung daran und die Begierde nach Basinis Körper erscheint ihm – besonders nachts – als Empfindung »mörderischer Sinnlichkeit«. Entsprechend heißt es über Felix: »Sein Schlaf ward unruhig; er erwachte mit Tränen bitterer Begierde und erinnerte sich schambestürzt, daß er im Traum Butts Körper betastet habe.« [S. 101] Wie Felix Hans Butt martert, so quält auch Törleß Basini später nicht durch physische Mißhandlung, sondern durch psychische. Törleß will, daß Basini reflektierend bewußt erlebt, was er tat und was er mit sich tun läßt. Felix will Butt zu bewußter Entscheidung, zu einer seiner Natur entgegengesetzten Aktivität zwingen.

Hier hören die Parallelen zu Musils Erzählung allerdings auch auf. Butt soll seine neue Rolle deshalb einnehmen, weil Felix des Befehlens überdrüssig ist. Daß heroische Selbstdarstellung und Erleiden von Schmerzen geeignet waren, seine Herrschaft zu stabilisieren – um seine Willensstärke zu beweisen, hatte Felix sich ein »heißes Eisen« [S. 97] auf die Brust gepreßt –, das wußte er. Aber Märtyrertum ist nicht nur ein Mittel der Tyrannei, sondern verschafft dem Tyrannen auch Lust. Schließlich erweist sich die Sexualität des vom »Willen zur Macht« Besessenen, der später bis zum Suizid geht, als sadomasochistisch strukturiert: »Oh, die grausame Selbstvergewaltigung, die todverachtende Hingabe [...] Herrlicher fühlte dies sich an, als wenn sie auf seinen Befehl einander verprügelt hatten.« [S. 104] Die Verkehrung von Aktivität in Passivität, von Beherrschung in Unterwerfung entspricht der von Sadismus in Masochismus und läßt die Gegensätze als Einheiten erkennen. Beim Masochismus, so heißt es in Sigmund Freuds *Triebe und Triebschicksale* (1915), »versetzt sich das passive Ich phantastisch in seine frühere Stelle, die jetzt dem fremden Subjekt überlassen ist«. Und für den Sadisten, der anderen Schmerzen zufügt, gilt, daß er »selbst masochistisch mit dem leidenden Objekt genießt«. Als die Leidensrolle Felix so attraktiv erscheint, daß er nicht mehr befehlen, sondern selbst Befehle erhalten will, setzt der Prozeß der Abdankung ein. Ist diese Abdankung, diese vom Befehlenden erzwungene Umkehr der Rollen, nicht eine nur scheinbare? Die Machtposition des Herrschenden bleibt doch zunächst bestehen. Beherrscht sein zu wollen und das ganze als Herrschaftsakt zu inszenieren, ist dieses Paradoxon das »Mysterium der Abdankung«?

Der Blick auf das Ende der Erzählung und der Bezug zu Thomas Mann bieten eine Lesart an, die das Geheimnis entschlüsseln hilft. Im Sinne Thomas Manns könnte Selbstmord nach Schopenhauer als Abdankung verstanden werden. Nietzsches »Wille zur Macht« wäre dann abgelöst worden durch Schopenhauers Pessimismus, durch den Wunsch nach Erlösung im Tode. Thomas Manns psychosexuelle Disposition legt aber anderes nahe, und Schopenhauers nihilistische Metaphysik mag Thomas Manns Verfassung da gerade recht gekommen sein, denn er erinnert seine Jugend als »durchaus pessimistisch«. Heinrich Mann wird von Thomas Manns Homosexualität und den damit einhergehenden Konflikten gewußt haben. Er wußte von Thomas Manns verspäteter »Pubertätserotik« – »ich komme nie aus der Pubertät heraus«, schreibt ihm Thomas am 7. März 1901 – und wohl auch von dessen Sublimierung seiner homoerotischen Grunderfahrungen ins schriftstellerische Werk, in eine lückenlose Kette von verzweifelten Liebesgeschichten. In *Abdankung* wird das homosexuelle Begehren auf eine symbolische Ebene übertragen. Der Schüler Butt, den Felix sich zum Abhängigen gemacht hatte, trägt nicht ohne Grund den Namen eines Fisches, denn er schickt Felix, von diesem fast dazu genötigt, zu seinesgleichen: »Zu den Fischen« – das heißt zu den Trieben wie in den Tod. Dann hätte auch Felix seinen Namen zu Recht, er wäre glücklich mit dem Objekt seiner Sehnsucht vereint. Aber die Erfüllung des homosexuellen Begehrens kann paradoxerweise nur im Tod gelebt werden. Abdankung hieße dann der Verzicht auf wirkliches sexuelles Erleben.

»Es ist möglich, daß der Junge gesund ist. Andere finden ihn hoch neurasthenisch. Ich weiß nie, ob meine Menschen gesund oder krank sind: mir scheinen sie einfach natürlich. Das kommt wohl, weil ich manche gesunde Instinkte habe und dann auch ümmer mal wieder kranke.« [vgl. Materialien, Nr. 12] Mit dem »ümmer mal wieder« spielt Heinrich Mann auf die sich notorisch wiederholende Phrase »immer mal wieder« seines *Professor Unrat* (1905) an. Das Thema der Macht bei Heinrich Mann hat verschiedene Masken. Der Schüler Felix kann auch der Lehrer Unrat sein oder der Autor selbst: »›Unrat‹, dieses lächerliche alte Scheusal [...] hat doch einige Ähnlichkeit

[...] mit mir« (Heinrich Mann an Inés Schmied, 25. Juli 1905). »Das Ende eines Tyrannen« – so der Untertitel des *Unrat* – im nassen Element, das für die Triebe steht, hat Heinrich Mann im Roman von 1905 variierend vorweggenommen. Wie Felix endet auch Unrat »bei den Fischen«, im Wasser. Das Schlußwort des Romans: ein »Strahl prallte ihm grade in den Mund. Er sprudelte Wasser, empfing von hinten einen Stoß, stolperte das Trittbrett hinan und gelangte kopfüber auf das Polster neben der Künstlerin Fröhlich und ins Dunkel.« [*Professor Unrat*, S. 239; Fischer Taschenbuch Bd. 5934].

Mit George Sands »Güte« und »Alliebe« hatte Heinrich Mann im Essay *Eine Freundschaft* zur Lebens- und Liebesarmut des einsamen Ästheten eine humane Alternative entworfen. Mit der Erzählung *Heldin* reflektiert er diesen Entwurf. Wenn »einfache[ ] Güte und natürliche[ ] Alliebe« [S. 23] abstrakte Werte bleiben, dann führt Idealismus zur gleichen Rigorosität und Vereinsamung wie der Form-Kult des l'art pour l'art. Demonstriert wird das anhand der Geschichte des Mädchens Lina, dem es nicht gelingt, Eros und Caritas, individuelle Liebe und Menschheitsliebe zu vereinbaren. Verantwortlich für Linas Untüchtigkeit im Umgang mit der Realität ist der Vater: »Hatte er recht getan, der Welt [...] dies Kind zu entziehen? Sie einsam und zu einer Ausnahme zu machen? Ihr Ideale aufzupfropfen [...]?« [S. 25f.] Ihr humanitäres Sendungsbewußtsein nimmt die pathologischen Formen des religiösen Wahns an. Sie zelebriert ihren Tod als Märtyrerin in der Kunstfigur einer »Heldin«.

Dies alles ereignet sich vor dem Hintergrund einer Dreiecksgeschichte: zwei Freundinnen, Lina und Grete, sind in Roland verliebt. Unschwer als der junge Heinrich Mann identifizierbar ist »der junge Mann«, ein neurasthenischer Décadent, ein lungenkranker ›Dilettant‹, der mit seinem Nihilismus kokettiert und den Zeitgeist der Jahrhundertwende repräsentiert. Die Freundinnen sind für ihn keine Personen, sondern ein Prinzip ›Frau‹, das er in Körper und Seele aufspaltet. Auf Grete projiziert er Sexualität und Körperlichkeit und hält sie für ein ›gewöhnliches Geschöpf« [S. 20]. Lina als ›Seele‹ spricht er den Körper ab, verklärt sie zur unberührbaren »heiligen Frau« [S. 20], zu seiner Erlöserin. Er macht sie zu einem Wunschterritorium seiner Ästhetenträume, sieht in ihr »eine kaum begreifliche Güte, einen wunderbaren Frieden« [S. 13]. Lina identifiziert sich unter dem Einfluß ihrer väterlichen Erziehung mit dem Bild, das sich Roland von ihr macht. Sie kann dieses Ideal und die Wirklichkeit ihrer erotischen Wünsche nicht vereinbaren und verzweifelt, weil die Libido stärker ist, an ihrer ersten Verliebtheit. Bedingungsloser Idealismus schlägt um in Pessimismus: »Güte? Liebe? Es gibt keine! [...] Keine Tat keines Helden vermöchte uns alle zu erlösen! Nur mein ewiges Träumen ist schuld, daß ich es glaubte« [S. 29]. Sie verfällt in düster-nihilistische Todesmystik – »Der Tod hockt dort am Boden und wartet; und sie kommen zu ihm.« [S. 30] – und vollzieht ihren Selbstmord in religiöser Ekstase, erlebt damit Sexualität und Tod als eins.

Aus psychologischer Perspektive läßt sich *Heldin* als eine Parabel verstehen, in der ein grundsätzliches Problem psychischer Entwicklung und Existenz des Menschen zugespitzt zum Ausdruck gebracht ist: die Vergeblichkeit menschlicher Liebe dort, wo die Entwicklung zum unabhängigen Subjekt mit eigenen Rechten und Bedürfnissen mißlungen ist.

Stofflich greift die Novelle auf Hans Christian Andersens Märchen *Die kleine Meerjungfrau* zurück, das Heinrich Mann seit seiner Kindheit (die Mutter hatte den Geschwistern Andersens Märchen vorgelesen) kennt. Unübersehbar ist auch folgende Parallele: fünfzehnjährig verliebt sich die kleine Meerjungfrau in ihren Prinzen und muß sterben, fünfzehn Jahre alt ist auch Lina. Sie wird durch ihre unerfüllbare Liebe zu einer Meerjungfrau, sie nimmt, verwirrt von ihren Gefühlen, ein Bad an der »Bootstreppe« (der Kahn ist ein Todessymbol).

Heinrich Mann kennt die ästhetischen Moden seiner Zeit sehr gut. Der Verweisungszusammenhang von Weiblichkeit, Wasser und Sexualität findet sich um die Jahrhundertwende überall, man denke etwa an die Vignetten des Jugendstils, an die Bilder Arnold Böcklins oder an Antonin Dvořáks Oper *Rusalka* (1901). Die Bedeutungsstruktur der Erzählung erschließt sich über die Verwendung der Motive und der zeitspezifischen Bildlichkeit. Auffällig ist das für den Jugendstil typische Ornamentale, etwa die »leichten, schwankenden Gewinden lachender Mädchen« [S. 14] oder Szenen, die sich wie die Beschreibung von Genre- und Landschaftsmalerei ausnehmen. In der Novelle benutzt Heinrich Mann die Bildthemen des Fin de siècle, um mit ihnen zu brechen. Anhand der Szene im Wasser läßt sich das demonstrieren: Lina steigt ins Wasser und wird mit einer für den Jugendstil typischen Bildlichkeit zu einer Nymphe, Nixe oder Undine, einem nackten Naturwesen: »Wie sie sich geborgen fühlte in der dunklen Flut, unter dem dunklen Himmel! Sie stand vor der Weidengruppe, tauchte, übers Wasser gebückt, die Brüste ein und ließ den Seewind ihren Nacken bestreichen. Plötzlich richtete sie sich hoch auf, warf den Kopf zurück und reckte, mit einem jubelnden Stoß, beide Arme gen Himmel.« [S. 28]

Lea Ritter-Santini hat beschrieben, wie Heinrich Mann in den *Göttinnen* (1902) Bilder zitiert, von denen er erwarten kann, daß sie innerhalb des optischen Gedächtnisses seiner Leser liegen. Er benutzt optische Zitate, indem er sie in literarische Bilder verfremdet und damit im Text eine neue Realitätsebene schafft. Darüber hinaus zitiert Heinrich Mann häufig sich selbst, indem er seine eigenen optischen Zitate wieder variierend zitiert und damit die Bedeutungsebenen potenziert. Die ins Wasser getauchten Brüste und die emporgestreckten Arme sind ein solches Selbstzitat Heinrich Manns aus den *Göttinnen*, das dort kombiniert wird mit einem optischen Zitat aus Franz von Stucks 1893 gemaltem Bild *Die Sünde*, auf dem sich eine Schlange um den Leib einer Frau windet: »Diese Brüste, klein und spitz, stachen ihre schwarzblauen Warzen täglich in den Schaum neuer Genüsse. Unterhalb des Nabels vertiefte sich immer mehr die eine starke Falte; sie glich einer Schlange, die diesen nach Lust stürmenden Leib anstachelte mit ihren Bissen. [...] diese oft herabgesunkenen und immer wieder emporgeschnellten Arme antrieb: legt euch um neue Nacken!« [*Die Göttinnen III: Venus*, S. 191; Fischer Taschenbuch Bd. 5927] Heinrich Mann beschreibt dort bildlich die letzte, reife Sinnlichkeit der Herzogin von Assy als unersättlicher Venus. Lina dagegen hat keine sexuellen Erfahrungen, und sie wird auch keine erleben. Sie ist keine »Venus«, ihre emporgereckten Arme werden keinesfalls stets neue Nacken umarmen, auch nicht den einen, an dem ihr liegt, den Rolands. Sie ist nicht *Die Sünde* – darum fehlt das Stuck-Zitat der *Göttinnen* –, sondern die »Unschuld«, und wie Franz von Stucks Bild *Innocentia* (1889) hat Lina »tiefschwarze Augen« [S. 11], »hängende schwarze Flechten« [S. 27]. Aber Lina drängt es aus dem Status ihrer Jungfräulichkeit hinaus, und das wird ihr nicht gelingen – das ist der Sinn des *Göttinnen*-Zitats in seinem neuen Kontext. Direkt im Anschluß an diesen Passus löst die Handlung der Novelle das im Bild schon Beschriebene ein: Lina belauscht Rolands Liebesgeständnis an Grete und wird sich dabei der erotischen Natur ihrer Wünsche bewußt, die sie zugleich für unerfüllbar hält: »So steht's mit mir: ich liebe einen Mann, das ist alles; und der liebt nicht mich« [S. 29]. Indem sie in ihren ästhetisierten Tod, in die Illusion flieht, bedient sie sich der Posen zeittypischer Fin-de-siècle-Bilder. Der Rückgriff auf ein Bild aus dem geradezu entgegengesetzten Zusammenhang der *Göttinnen* (dort wird die Sexualität ins Mythologische überdimensioniert) macht Linas Tod als sinnlose Täuschung verständlich, als irrelevant für die Bedürfnisse des realen Lebens, für die Sinnlichkeit der Menschen, für das in Konflikt mit seiner Sexualität stehende pubertierende Mädchen.

Mit der Erzählung *Jungfrauen* schließlich zentrieren sich die Pubertätskrisen um zwei Schwestern. Gemeint sind wohl Carla und Julia Mann, denn über »die beiden kleinen Mädchen« berichtet Thomas Mann: »ich kenne sie« [vgl. Materialien, Nr. 9]. Übrigens mochte zumindest Carla diese Novelle sehr [vgl. Materialien, Nr. 15].

Das vertraute, quasi symbiotische Verhältnis der Schwestern Ada und Claire droht durch den Beginn erotischer Gefühle der beiden für eine Männlichkeitsstereotype der Jahrhundertwende zu zerbrechen. Die Verliebtheit, die Eifersucht und die daraus entstehende bittere Rivalität wegen dieses Herrn Schumann, der sich wie seine eigene Karikatur eitel-dümmlich »mannhaft« [S. 80] gebärdet, wirkt verfehlt und komisch. Als schmerzhaft und bedrohlich werden die Konflikte von beiden Mädchen empfunden, weil sie im Bewußtwerden der eigenen (geschlechtlichen) Identität die Trennung von der bis dahin als identisch wahrgenommenen Schwester vollziehen müssen. »Denn sie hatten gespürt, wie es sie auseinanderriß.« [S. 85] Das Bedürfnis nach der Nähe ihrer geschwisterlichen Freundschaft wandelt sich zu einem »feindlichen Drang, miteinander allein zu sein.« [S. 85] Die Triebenergie nimmt überhand und wird in zerstörerischen Wünschen auf die »Feindin« projiziert: »die andere töten, sie töten!« [S. 89] Das Bewußtwerden solcher Aggressionen führt zum Schock und zu Tränen der Versöhnung. Ada und Claire distanzieren sich dann von ihren erwachten libidinösen Gefühlen, von der ihre Einheit als Paar bedrohenden Realität. Sie finden wieder in ihr friedliches, kindlich symbiotisches Geschwister-Verhältnis zurück. Das heißt, sie bleiben ›Jungfrauen‹, indem sie »sich noch einmal aus dem Sturm in den heiteren Kreis ihres schwesterlichen Lebensmorgens retten« [Rudolf Leonhard; vgl. Materialien, Nr. 18].

Die naturmetaphorisch präsentierten erotischen Motive in der Novelle sind zugleich der Romantik und dem Jugendstil verpflichtet. Zum Beispiel verweist die Kahnfahrt auf Eros und Tod und ist ein Bild der sexuellen Initiation. Deutlich sexuell konnotiert ist etwa das »Wasser«, das »im Dunkeln« »spritzte« und die sich dabei einstellenden Empfindungen: »Alle Gesetze fühlte sie umgestoßen, die Welt schwindelnd emporgehoben, im Dunkeln etwas Großes wild aufgeblüht.« [S. 88]

Erwähnenswert ist auch der Bezug pubertärer Libido zu einem für die Jahrhundertwende repräsentativen Typus des Ästheten, dem ›Dilettanten‹. Bourget, Barrès, Bahr, Hofmannsthal und auch Heinrich Mann hatten diesen Intellektuellentypus charakterisiert, und der Heinrich Mann der neunziger Jahre hat sich als ›Dilettant‹ verstanden. Verdoppelung, »dédoublement« (Bourget), ist nun eines der Bestimmungsmerkmale des ›Dilettanten‹. Die Geschichte der *Jungfrauen* führt durch die Verdoppelung der Konflikte – die Erfahrung der Differenz machen ja beide Schwestern, die Abgrenzungskämpfe fechten beide aus – zur krisenhaften Zuspitzung. Etwas überdeutlich auf die Bedeutung der Duplizität verweist der Vergleich der Mädchen mit einem Spiegel. Gleich zweimal, zu Beginn und ganz am Ende der Erzählung, heißt es: Die Schwestern »hielten der Welt ihre hellen Augen groß als Spiegel hin. Niemand sah sehr lange hinein; man schien den Spiegel unzart zu finden und wenig vorteilhaft. Und wenn ihnen ein Blick auswich, lächelten sie einander zu, ohne recht zu wissen, warum.« [S. 80 und S. 91]

Heinrich Mann benutzt diesen unvorteilhaften Spiegel als Bild, um den narzißtischen Selbstgenuß, den ›culte du moi‹ als ästhetisches Selbstverständnis des ›Dilettanten‹ zu verwerfen. Denn der ›Dilettant‹ hatte sich unter anderem auch durch den Zwang zur Selbstbespiegelung ausgezeichnet. Außer der Kritik am Dilettantismus des Fin de siècle legt das Bild des Spiegels auch eine psychologische Deutung nahe. So hat Felix in *Abdankung* sein Spiegelbild als bloßes »Abbild« [S. 101], sich selbst als einsames, einzelnes Subjekt erkannt. Bedenkt man, daß der neueren psychoanalytischen Theorie *der Spiegel als Bild der Ich-Funktion* (Lacan) gilt, dann wird klar, daß die Flucht in die symbiotische Geschütztheit ihrer Kindheit nur vorübergehend Frieden verheißt. Der Individuationsprozeß ist unaufhaltsam, die Geschlechtsreife irreversibel, die Libido wird erneut zu Konflikten führen.

Ada und Claire fliehen in die ästhetische Imagination, retten sich in die Literatur. Sie »kehrten zurück zu den Märchen« [S. 91], und zwar zu »Andersens Märchen« [S. 90]. Die *Heldin* Lina lebte die Geschichte von Andersens kleiner Meerjungfrau und mußte sterben. Die ›Jungfrauen‹ Ada und Claire bleiben am Leben, weil sie nur in der Phantasie gestorben sind. Ihre aggressiven Gefühle waren nur träumend und wünschend wirklich und wurden nicht in die Tat umgesetzt.

In allen vier Novellen ist es der individuell-erotische Bereich, der die Konflikte schafft. Der Titel der Sammlung, *Stürmische Morgen*, meint Krisen sexueller Identitätsfindung. Um den erotischen Nöten seiner Figuren einen allgemeineren Zusammenhang zu schaffen und damit eine weiterreichende Bedeutung, hat Heinrich Mann die Libido mit dem Bereich des Ästhetischen verknüpft. Pubertäre Sexualität hat Heinrich Mann nicht wie andere so oft um 1900 moralisierend und pädagogisierend thematisiert. Er weiß, daß die Erscheinungsformen pubertärer Sexualität nicht zum geringsten Teil durch eine sexualrepressive Gesellschaft geprägt sind. Aber er stellt diese Gesellschaft nur mittelbar dar, indem er personenzentriert schreibt und die Disposition des Individuums Auskunft über sie geben muß. Auch entbehrt die Darstellung durch die überwiegend neutrale oder personale Erzählhaltung des Gefälligen. Die Novellen sind nicht leicht konsumierbar. Sie sind komplex konstruiert und dicht erzählt.

Vielleicht ist die Art und Weise der Darstellung von Pubertätskrisen in diesen Novellen der Grund für die überwiegend ablehnende zeitgenössische Kritik. Über die unmittelbare Wirkung des Novellenbandes wurde gesagt, daß sich erstmals progressive und konservative Kritiker schroff gegenüberstanden. Dabei galt die Ablehnung nur vordergründig dem Politischen, nur scheinbar dem Ästhetischen. Eine nationalistisch-deutschtümelnd argumentierende Rezension von 1906, die die »häßliche Pluralbildung dieses Titels«, *Stürmische Morgen*, »gewollt und undeutsch« nennt, wie »vieles in dem Buche«, meint doch nicht vieles, sondern das eine: das Thema pubertärer Sexualität und ihrer Konflikte. Weil die Darstellung »weder zart noch schamhaft« sei, urteilt dieser Rezensent über die Novellen: »Schlimmer jedoch ist, daß es etwas Gutes in uns verletzt. Ich wüßte keinen zweiten deutschen Autor, der mein Gefühl mehr beleidigte und dem ich heftiger widerstrebte als Heinrich Mann« [Carl Busse; vgl. Zeitgenössische Rezensionen, S. 146]. Ein anderer vermißt wohl eine versüßt-harmonistische Verklärung der Jugend, wenn er von der »Perversität der Pubertät« spricht und die Erzählungen »unerquicklich« findet [Fritz Böckel; vgl. Zeitgenössische Rezensionen, S. 146]. Nur René

Schickele bespricht das Buch zustimmend und verweist darauf, daß bei Darstellungen von Pubertätskrisen »das sexuelle Moment nach Möglichkeit unterdrückt wurde« – dieses Versäumnis habe Heinrich Mann mit »Psychologie« und »Stilgewalt« behoben [vgl. Zeitgenössische Rezensionen. S. 146].

Die hier versammelten Erzählungen gehören zu den unbekannteren Novellen Heinrich Manns. Ihr Thema, erotische Verwirrungen, die Spannung zwischen Individualität und Gemeinschaft, nimmt Heinrich Mann nicht nur in *Zwischen den Rassen* wieder auf, sondern auch – ins Optimistische gewendet – in *Die kleine Stadt* (1909), dem »Hohelied der Demokratie«. Die Novellen zeigen, daß die Selbstreflexion des Autors, seine subjektive Betroffenheit, als Anlaß und Element seiner literarischen Produktion nicht unterschätzt werden sollte. Ganz in diesem Sinn wollte der damals fünfunddreißigjährige Heinrich Mann die vier Novellen als ein Ganzes verstanden wissen: »Was mich betrifft, bin ich ein geborener Zwanzigjähriger, und das Älterwerden steht mir nicht. Die vier Geschichten, die ich jetzt zusammen drucken lasse, sind Erlebnisse ganz junger Menschen und gehören darum, glaube ich, zu meinem Besten.« [vgl. Materialien, Nr. 12]

Zur Entstehungs- und Überlieferungsgeschichte

Stürmische Morgen ist Heinrich Manns vierte Novellensammlung, die 1906 in erster Auflage im ›Albert Langen Verlag für Literatur und Kunst‹ erschien. Die erste Erwähnung dieser Sammlung findet sich in einem Brief an den Lübecker Schulfreund Ludwig Ewers vom 15. September 1905 [vgl. Materialien, Nr. 8], dem er am 4. Februar 1906 die Komposition des Bandes *Stürmische Morgen* näher charakterisiert [vgl. Materialien, Nr. 12]. Alle vier Novellen waren vor dieser Sammlung bereits in Zeitungen und Zeitschriften publiziert, so daß sie ihre eigene Entstehungs- und mit den zum Teil erhaltenen Handschriften und den Erstdrucken auch ihre eigene Überlieferungsgeschichte haben:

Heldin

Heldin wurde vom 6. bis 11. September 1905 in München niedergeschrieben, wie eine Notiz auf der Handschrift ausweist, die im Nachlaß des Autors im Heinrich-Mann-Archiv der Akademie der Künste der DDR, Berlin [im folgenden bezeichnet: HMA[1]] erhalten ist [HMA 166: 16 Sei-

---

[1] Zu den Nummern nach dieser Sigle vgl.: *Vorläufiges Findbuch der Werkmanuskripte von Heinrich Mann*. Bearbeitet von Rosemarie Eggert. Berlin 1963 (= Deutsche Akademie der Künste zu Berlin, Schriftenreihe der Literatur-Archive, Heft 11) [hektograph. Typoskript].

ten (14 Blatt), Tinte; vgl. Abb., S. 10]. Die Novelle hatte Heinrich Mann dem Verleger Fritz Freund in Wien zum Abdruck versprochen [vgl. Materialien, Nr. 6 und 8]. Diese Veröffentlichung kam allerdings nicht zustande, so daß die Novelle zum ersten Mal am 15. April 1906 in der Beilage ›Die Oster-Zeit‹ der Wiener Tageszeitung ›Die Zeit‹ gedruckt wurde. Im selben Jahr wurde sie dann von Heinrich Mann in *Stürmische Morgen* aufgenommen. Volker Riedel, der Bearbeiter der hier als Textgrundlage genommenen Ausgabe von Heinrich Manns Novellen, hat zur Textkonstitution und weiteren Überlieferungsgeschichte ausgeführt:

Beide Fassungen [gemeint sind der Erstdruck und der Druck in *Stürmische Morgen*] gehen offenbar auf eine nicht erhalten gebliebene Reinschrift zurück und weisen gegenüber der ersten Niederschrift stärkere Änderungen in Orthographie und Interpunktion und geringe in Stil und Lautstand auf; im Erstdruck finden sich außerdem drei umfangreiche Kürzungen sowie zahlreiche Änderungen in Stil, Lautstand und Interpunktion, die mit Sicherheit von der Redaktion der ›Zeit‹ vorgenommen worden sind.

Für den neunten Band der *Gesammelten Romane und Novellen* von 1917 hat Heinrich Mann die Novelle, auf der Grundlage von *Stürmische Morgen*, stilistisch bearbeitet und dabei an zwei Stellen die Motive der Bedrohtheit, des Lebensekels und des Todes etwas zurückgenommen [...] [vgl. Materialien, Nr. 17].

Spätere Ausgaben sind für die Textkritik ohne Belang.

1916 erschien eine tschechische Übersetzung der Novelle (*Pippo Spano a jiné novely*. Übersetzt von Fr. Holeček. Prag: Verlag J. Otto), und am 29. Mai und 5. Juni 1926 kam eine französische Übersetzung in ›Les Nouvelles Littéraires‹ heraus, wie aus einem Brief des Übersetzers

Alzir Hella vom 18. Juni 1926 aus Paris an Heinrich Mann hervorgeht.[2]

Der Unbekannte

Der Unbekannte, die zeitlich früheste Novelle der Sammlung *Stürmische Morgen*, dürfte zwischen Anfang April und Anfang Juni 1905 geschrieben sein; ein Manuskript ist nicht erhalten. Ihre Entstehung fällt in die Zeit des Beginns der Freundschaft zwischen Heinrich Mann und Inés Schmied; ihr gegenüber kommt Heinrich Mann in zwei Briefen auf diese Novelle zu sprechen [vgl. Materialien, Nr. 1 und 2]. Erstmals gedruckt wurde *Der Unbekannte*, mit dem Untertitel »Novelle«, in Fortsetzungen vom 25. August bis 4. September 1905 ebenfalls in der Wiener Tageszeitung ›Die Zeit‹ (Jg. 4, Nr. 1047–1057). In die Sammlung *Stürmische Morgen* wurde die Novelle mit nur kleinen Änderungen in Stil und Interpunktion gegenüber dem Erstdruck aufgenommen. Dagegen hat Heinrich Mann sie für den Abdruck im neunten Band der *Gesammelten Romane und Novellen* von 1917 stilistisch überarbeitet. Der Abschnitt von »Ein anderes Mal...« bis »hinein zu sich«. [S. 65], der die Andeutung der Schwangerschaft Estelas verstärkt, wurde für diesen Druck neu eingefügt. Spätere Drucke sind textgeschichtlich ohne Belang.

---

[2] Heinrich Mann: *Novellen II*. Bearbeitet von Volker Riedel. Berlin und Weimar: Aufbau-Verlag 1978 (= Heinrich Mann: *Gesammelte Werke*, Bd. 17), S. 439 f. [Im folgenden zitiert: *Novellen II*, 1978.]

Jungfrauen

Die Novelle ist im August 1905 in Nußdorf am Inn entstanden, wie aus dem Briefwechsel zwischen Heinrich Mann und Inés Schmied aus dieser Zeit hervorgeht [vgl. Materialien, Nr. 3–5]. Ein Manuskript dazu ist nicht erhalten. Der Erstdruck erfolgte in Maximilian Hardens Zeitschrift ›Die Zukunft‹ (Berlin. Jg. 14, Bd. 53, Nr. 1 vom 7. Oktober 1905, S. 31–37). Änderungen in Stil und Interpunktion waren im Band *Stürmische Morgen* gegenüber dem Erstdruck geringfügig; in der Orthographie wurde eine Vereinheitlichung von Heinrich Mann vorgenommen. Auch für den neunten Band der *Gesammelten Romane und Novellen* war die Überarbeitung in Stil, Lautstand und Orthographie nur unwesentlich; spätere Drucke auch dieser Novelle haben für die Textgeschichte keine Bedeutung.

Eine englische Übersetzung der Novelle von Kenneth Burke erschien im Februar 1924 in ›The Dial‹ (Scranton/Pennsylvania, Jg. 76, Heft 2, S. 123–132), eine französische von Ralph Lepointe im Januar 1929 in der ›Revue d'Allemagne‹ (Paris. Jg. 3, Heft 15, S. 15–28).[3]

Abdankung

Heinrich Mann schrieb die Novelle vom 6. bis 11. November 1905 in Florenz, wie einer Notiz auf der Handschrift zu entnehmen ist [HMA 119; 14 Seiten (11 Blatt), Tinte; vgl. Abb., S. 94]. Darüber hinaus finden sich im Notizbuch des Autors vom Jahre 1905 bis Januar 1906, zwischen Vorarbeiten zum Roman *Zwischen den Rassen*, die den größten Teil dieses Notizheftes füllen, etwas mehr als 2 Seiten Aufzeichnungen zur Novelle [HMA 467:

---

3 Vgl. *Novellen II*, 1978, S. 438.

S. 48–50; vgl. Abb., S. 134–136], die Volker Riedel folgendermaßen charakterisiert:

Eine unnumerierte und eine umfangreichere numerierte Skizze einzelner Episoden, dazu die in sieben Punkten untergliederte Skizze der gesamten Handlung sowie ein wichtiger Satz zur Charakterisierung des Felix, der nur geringfügig von der endgültigen Fassung abweicht (S. 98: »Dann saß er wieder da« bis »und sie maßlos verachtete«). In diesen Notizen sind auch schon bestimmte markante Wendungen der Novelle notiert wie »Wer ist hier der Herr?« [S. 95], »Er lebe wohl!« [S. 99], »Wo geht der Weg?« [S. 103].[4]

Die Novelle wurde mit normierter Orthographie und einigen Änderungen in Stil, Lautstand und Interpunktion zum ersten Mal am 22. Januar 1906 im ›Simplicissimus‹ (München. Jg. 10, Nr. 43, S. 508f.) gedruckt und in dieser Textgestalt in die Sammlung *Stürmische Morgen* aufgenommen, wobei Heinrich Mann allerdings bei Druckfehlern oder Veränderungen des Erstdrucks in der Wortwahl auf die Handschrift zurückgegriffen hat. Der Erstdruck sowie der Druck in *Stürmische Morgen* tragen die Widmung »Meinem Bruder Thomas« [vgl. dazu Materialien, Nr. 10, 11 und 13]. 1914 kam es zu einem Nachdruck der Novelle in Franz Pfemferts Zeitschrift ›Die Aktion‹ (Berlin. Jg. 4, Nr. 38/39 vom 26. September, Sp. 775–785). Die Fassung im neunten Band der *Gesammelten Romane und Novellen* von 1917 geht auf die in *Stürmische Morgen* zurück, wobei allerdings eine leichte Überarbeitung der Novelle durch den Autor in Stil und Anordnung der Absätze festzustellen ist. Spätere Drucke der Novelle sind für die Textgeschichte ohne Belang.

---

4 *Novellen II*, 1978, S. 440.

Eigenhändige Notizen Heinrich Manns zu *Abdankung*
aus seinem Notizbuch von 1905 bis Januar 1906
[vgl. S. 132 f.]

1. "Wer ist hier der Herr?"
"Verteidigung, Facharzt der Eindowa." "Herr
(der Direktor)
ist es ja unwohl."
2. Er schafft die Namen der Lehrer ab,
benennt Inländer Kameraden. Lobt gute
Behandlung der verachteten Schriftlehrers
durch.
3. Großes Matth. für Wichtig; erwecke, als
jemand ihn auslachen wollte, auf einmal die
erste Note, um davon alles biegen zu lassen.
4. Dabei begünstigt ihn der Matth.-Lehrer.
5. Er erklärt: das mache ihm neben Vtg.
heisse Lineal. 9. Tauffrölle nicht ihn Spuk e. Vrgl. wegen d.
5. Geschichte Nuinschoss; Ihre Erhaltung
derselbe Sprung im Gehorchen. Einer muss
um 4 Uhr i. d. Gr. 20 Mal Horizontal
rohren und ein Anderer noch aufpassen.
Ein Dritte muss unter die Leere klasse
schleichen, sich auf die Rede legen und die
Augen schließen. Dann "entsündigt" Felt
ihm: was ihm selbst unheimlich wird trage
6. muss sich zusammen nehmen, hat viel
zu vorbergen; dass es beliebte zählen muss;
dass die Entworten auf Zu bekommt die. Im
Großen und dass er ihr Klassleibe förderte,
dass er die Mutter so sürada musste.
Leider mächtigstes, lohns noch abzulenken,
es so leicht zu haben die die Verechtzola.
Anfragen seiner Verachtg. das zu machen.
7. Er nimmt er den Arzt bei sich und
nöthigt ihn, ihn zu spüren. Katastrophe

Grauen, Unterwürfigkeit, Wollust an Liebe. So
dann saß er wieder da und hatte, hinter einem gottangefüllten ~~ist es~~ Lächeln das seine,
manchmal von den Schmerzen überfließt [illegible]-
sein, dass sie alles, die er ~~[illegible]~~ widerwärtig,
voll Grauen, in Unterwürfigkeit und unter [illegible] d.h.
durch die Ringe, und ihn schrillen, und dass er
hoch über ihm schwebte und
sie maßlos verachte.

Lieber Herr Schmidt; durch Ihre Schwester erfahre
ich, wie heftig Sie mich neulich gegen die feindliche
Menge vertheidigt haben, und danke Ihnen um
so wärmer dafür, als ich Sie nur, Ihrem Rate gefolgt,
[illegible] genug nicht sehen können. – Die
Wohnung Ihrer Mama ist ganz wunderhübsch und
Ihr eigenes Zimmer beneidenswerth. Kommen
Sie nur bald! Ich schreibe wieder eine kleine
Novelle; und Sie? Die Sachen für S. u. T. sollen Sie
noch nicht abgeschickt haben. Warum nicht? Was
möchten Sie lieber sein: Wallenstein oder Disci-
plina? Ihr Ihr R. M.

Ettore von Lagoscuro hat einen Moment,
wo er die Familie seiner Frau in der Hand hält,
aber er fragt sich, was er thun soll. Reiz des
Abdankens. Der Wille, auf seinem Gipfel, über-
schlägt sich; es kitzelt einen, auch einmal
unterworfen, vom Schicksal, ohne Licht und
demüthig zu leben.

Abdankung erschien 1916 in der gleichen tschechischen Ausgabe wie die Novelle *Heldin*.

Auch für *Stürmische Morgen* gilt, daß der Erfolg wohl »nur literarisch« war, wie dies Heinrich Mann in einem autobiographischen Brief vom 3. März 1946 einmal über das erste Jahrzehnt dieses Jahrhunderts für seine Wirkung formuliert hat. Die erste Auflage, die 2000 Exemplare umfaßte, wurde am 15. Juni 1906 ausgeliefert, wie aus einem späteren Brief des Verlages an Heinrich Mann vom 9. Februar 1915 [HMA] hervorgeht. Nach einer Aufstellung zum Verlagsvertrag vom 29. Dezember 1906 [HMA] waren bis Ende 1906 gerade 400 Exemplare verkauft; Ende 1910 waren es 1000 Exemplare (Brief des Albert Langen-Verlages an Heinrich Mann vom 19. Mai 1910 [HMA]). Wohl auf Drängen Heinrich Manns in seinem Brief vom 17. Mai 1907 aus Venedig an den Verlag [HMA], druckte dieser 1907 satzgleich mit der ersten Auflage ein drittes Tausend als zweite Auflage nach. Die Sammlung wurde nach diesen beiden Auflagen bis zum heutigen Tag nie wieder in dieser Zusammenstellung aufgelegt.

Die hier zugrunde gelegte Textfassung aus den *Gesammelten Werken* des Aufbau-Verlages von 1978 beruht für alle vier Novellen auf der Erstauflage (= 3.–5. Tausend) des Bandes 9 der Kurt-Wolff-Ausgabe von 1917, *Novellen. Erster Band*, innerhalb der *Gesammelten Romane und Novellen*.

Materialien

1 Heinrich Mann an Inés Schmied,
undatiert, nach dem 14. Juni 1905 [Auszug]:

Du weißt, daß auch das Gefühl in meiner vorigen Novelle [*Der Unbekannte*] von Dir kam! Ich möchte sie Dir gerne schicken, aber sie liegt seit 14 Tagen beim ›Berliner Tageblatt‹. Wenn es sie druckt, kann ich sie Dir vielleicht bald geben.
   Zit. nach: *Novellen II*, 1978, S. 434.

2 Heinrich Mann an Inés Schmied,
Riva, 27. Juni 1905 [Auszug]:

Jetzt reut es mich, daß ich Dir die Novelle [*Der Unbekannte*] nicht vorher noch einmal gegeben habe, ehe ich sie an die Zeitung schickte. Aber man möchte so etwas rasch anzubringen suchen. Übrigens habe ich gemahnt und hoffe, du bekommst die Geschichte in nicht allzu langer Zeit wieder zu lesen. Die Frau darin heißt jetzt Estela, und mit diesem Namen habe ich Deiner Mama und Deinem Bruder die Geschichte vorgelesen. Sie waren angenehm berührt.
   Zit. nach: *Novellen II*, 1978, S. 434.

Inés Schmied an Heinrich Mann, 3
Fiesole, 10. August 1905 [Auszug]:

Sehr gespannt bin ich auf Deine neue Novelle [*Jungfrauen*].
Zit. nach: *Novellen II*, 1978, S. 438.

Heinrich Mann an Inés Schmied, 4
Nußdorf am Inn, 17. August 1905 [Auszug]:

Meine Novelle [*Jungfrauen*] macht mir bisher nur Freude.
Zit. nach: *Novellen II*, 1978, S. 438.

Heinrich Mann an Inés Schmied, 5
Roßholzen bei Nußdorf, 20. August 1905 [Auszug]:

Neulich habe ich das zweite Kapitel meiner Novelle [*Jungfrauen*] glücklich fertig bekommen.
Zit. nach: *Novellen II*, 1978, S. 438.

Heinrich Mann an Fritz Freund, 6
Roßholzen bei Nußdorf am Inn, 24. August 1905 [Auszug]:

Ihrer Aufforderung werde ich gern folgen. Zur Zeit habe ich nichts; aber die nächste Novelle, die ich schreibe [*Heldin*], gebe ich Ihnen für Ihre Zeitschrift.
Zit. nach: *Novellen II*, 1978, S. 439.
Fritz Freund war der Besitzer des ›Wiener Verlages‹.

7   Inés Schmied an Heinrich Mann,
    Fiesole, 26. August 1905 [Auszug]:

Deine Novelle (*Jungfrauen*) interessiert mich sehr. Schon aus dem Grunde, weil du in ihr ein Mädchen beschreibst, wie ich mit 15–18 gewesen bin, in einem gewissen Sinne.
   Zit. nach: *Novellen II*, 1978, S. 438.

8   Heinrich Mann an Ludwig Ewers,
    Augsburg, 15. September 1905 [Auszug]:

Ich habe den ersten Teil eines Romans [*Zwischen den Rassen*] in Roßholzen beendet, dann auf Bestellung eine Novelle [*Heldin*] geschrieben (für den ›Weg‹, eine neue Wiener Zeitschrift) und habe nun einige Tage Ruhe. [...]
   Im übrigen erscheint nächstens ein kleines Buch [*Schauspielerin*] von mir im Wiener Verlag [...] – und dann, hoffentlich noch im Herbst, Novellen [*Stürmische Morgen*] bei Langen. Die längste davon stand kürzlich in der ›Zeit‹.
   In: Heinrich Mann: *Briefe an Ludwig Ewers 1889–1913*. Herausgegeben von Ulrich Dietzel und Rosemarie Eggert. Berlin und Weimar: Aufbau-Verlag 1980, S. 414 und S. 416 (Nr. 108).
   [Im folgenden zit.: *Ewers-Briefe*.]

9   Thomas Mann an Heinrich Mann,
    München, 15./17. Oktober 1905 [Auszug]:

Soll ich noch zwei Worte über Deinen eigenen letzten Zukunft-Beitrag [*Jungfrauen*] sagen? Nun, er war offenbar eine Nebensache, ohne viel Leidenschaft gemacht und ein Erzeugnis des Arbeitsbedürfnisses, das Dich so ehrt; trug

auch wohl als sprachliches Gebilde (für mich) das Zeichen der Schnellfertigkeit ein bischen [sic!] zu sichtbar. Im Übrigen aber natürlich sehr gut, die beiden kleinen Mädchen (ich kenne sie) rührend, Herr Schuhmann, trotz seinem conventionellen Typus in der Beleuchtung deines Styles neu wirkend. Wenn eben einer etwas *ist*...
   In: Thomas Mann / Heinrich Mann: *Briefwechsel 1900–1949*. Herausgegeben von Hans Wysling. Erweiterte Neuausgabe. Frankfurt am Main: S. Fischer 1984, S. 60f.
[Im folgenden zit.: *TM / HM*]

Thomas Mann an Heinrich Mann,   10
München, 20. November 1905 [Auszug]:

Lieber Heinrich:
Ich habe mich sehr über Deinen Brief gefreut, besonders über die angekündigte Widmung. Eigentlich schuldest Du mir ja eine, seit ich Dir den Abschnitt in *Buddenbrooks* zueignete. Ich bin gewaltig neugierig auf die »guten Gründe«, die Dich zur Widmung bewogen, und damit (aber nicht nur darum) auf die Novelle [*Abdankung*] selbst.
   In: *TM / HM*, S. 62.

Thomas Mann an Heinrich Mann,   11
München, 22. Januar 1906 [Auszug]:

Lieber Heinrich:
Heute kam der ›Simplicissimus‹ mit Deiner Novelle [*Abdankung*], die ich unverzüglich und begierig gelesen habe. Ich will Dir gleich meinen Eindruck mittheilen. Dies seltsam seltsame, tiefe Ding, das in höchster Abgeschlossenheit und Concentration, in raschen, starken, bedeutenden Pointen die perverse Tragödie des Genies als Schulkna-

bengeschichte giebt, ist in meinen Augen das Innigste und Außerordentlichste, was Du geschrieben hast. Dies ist freilich das Urtheil eines Interessirten, den mit diesem Gebilde all das verbindet, was für die Welt in der Widmung seinen sichtbaren Ausdruck gefunden hat. Die Arbeit steht mir so nahe, daß ich sie fast als von mir empfinde und sie ist *als* Arbeit so schnell und leicht mein eigen geworden, daß ich nach einmaliger Lektüre und einem zweiten Überfliegen aus dem Kopf die Reihenfolge der Absätze angeben könnte. Mit einem Worte: ich nehme nicht Theil, ich *habe* Theil daran, und wo man Theil hat, da hat man wohl eigentlich kein Urtheil. Dennoch glaube ich meiner Sache sicher zu sein.

In: *TH / HM*, S. 72.

12   Heinrich Mann an Ludwig Ewers,
     Florenz, 4. Februar 1906 [Auszug]:

Was mich betrifft, bin ich ein geborener Zwanzigjähriger, und das Älterwerden steht mir nicht. Die vier Geschichten, die ich jetzt zusammen drucken lasse, sind Erlebnisse ganz junger Menschen und gehören darum, glaube ich, zu meinem Besten. *Abdankung* ist auch dabei. Was Du darüber sagst, hat mich interessiert. Es ist möglich, daß der Junge gesund ist. Andere finden ihn hoch neurasthenisch. Ich weiß nie, ob meine Menschen gesund oder krank sind: mir scheinen sie einfach natürlich. Das kommt wohl, weil ich manche gesunde Instinkte habe und dann auch ümmer [sic!] mal wieder kranke.

In: *Ewers-Briefe*, S. 420 (Nr. 110).

Thomas Mann an Heinrich Mann, 13
München, 7./8. Juni 1906 [Auszug]:

Und nun will ich Dir also für Deine *Stürmischen Morgen* danken, die ich schon auf dem Weißen Hirsch – so begierig und in einem Zuge wie sonst kaum noch ein Buch – gelesen und mit denen ich mich auch hier noch wiederholt beschäftigt habe.

Ein glanzvolles Buch wieder, das alle Deine Vorzüge zeigt, Dein hinreißendes Tempo, Deinen berühmten »Schmiß«, die entzückende Prägnanz Deines Wortes, Deine ganze erstaunliche Virtuosität, der man sich hingiebt, weil sie zweifellos direkt aus der Leidenschaft kommt. Die vier guten Dinge werden Deinen Ruhm mehren. Daß mir das mir gewidmete auch heute noch das liebste ist, ist wohl in der Ordnung. Ich bestätigte Dir schon, wie nahe mir diese Geschichte steht. Aber dann kommt gleich *Der Unbekannte*. [...]

Also: den *Unbekannten* bewundere ich sehr und bilde mir ein, daß Wenige das Stück so zu schätzen wissen werden, wie ich, der seine persönlichste Symbolik sieht und fühlt. Von dem Empfindungsgehalt abgesehen, ist es ausgezeichnet gemacht, höchst geschickt vorbereitet und wahrscheinlich gemacht. Das war nöthig; denn daß der Junge bis zum Aeußersten nichts merkt, nicht begreift, ist eigentlich ein bischen [sic!] unwahrscheinlich. Aber was liegt zuletzt an der Wahrscheinlichkeit. Die größten Sachen sind unwahrscheinlich. (Siehe Björnson über Ibsen in der letzten ›Zukunft‹.) Und durch das wiederholte »Auf das Einfachste verfalle ich nie« ist viel gegen die Unwahrscheinlichkeit gethan. Übrigens – wie rührend und echt ist das Ganze! Das Verhältnis des Schuljungen (dieses Schuljungen) zur Welt, zu dem Treiben im Elternhaus! Du mußtest das einmal machen – auch das. Die Einzelheiten, die mir am meisten Vergnügen gemacht ha-

ben, kennst du selbst; es sind sicher die, die auch Dir am meisten Vergnügen gemacht haben. Kurzum – herzlichen Glückwunsch!
In: *TM / HM*, S. 76 f.

14 Carla Mann an Heinrich Mann,
Augsburg, 14. Juni 1906 [Auszug]:

Jungfrauen liebe ich sehr.
Zit. nach: *Novellen II*, 1978, S. 439.

15 Heinrich Mann an Ludwig Ewers,
Worpswede bei Bremen, 11. Dezember 1906 [Auszug]:

Meine Novellen [*Stürmische Morgen*] bekommst Du zu Weihnacht.
In: *Ewers-Briefe*, S. 428 (Nr. 115).

16 Heinrich Mann an Ludwig Ewers,
München, 26. Dezember 1906 [Auszug]:

Meine Novellen [*Stürmische Morgen*] waren Dir, denke ich, eine willkommene Weihnachtsgabe.
In: *Ewers-Briefe*, S. 429 (Nr. 116).

17 Änderungen zu *Heldin* zwischen der Sammlung *Stürmische Morgen* und der Textfassung in Band 9 der *Gesammelten Romane und Novellen* (1917) [Auswahl]:

Seite 116: Zwischen »das wir Geist nennen.« und »Unsere Gerüche« standen in *Stürmische Morgen* die Sätze:

»Das Haar der Frauen ist schön, nicht wahr? Wenigstens solange es warm um einen Kopf knistert, worin Liebe und Leben sitzt. Und doch habe ich in meiner Hand, die es hielt, schon den Ekel gespürt, als faßte ich irgendeinen Auswuchs an, der aus unserem unlauteren Innern herausgequollen wäre.«

Seite 26: Anstatt des Satzes »Lina erschauerte, in ihr sprach es:« heißt es in *Stürmische Morgen*, korrespondierend mit einer späteren Wendung: »Lina erschauerte. ›Und das Ende, der Tod, noch dunkler?‹ fragte es in ihr; und als käme Antwort:«

Zusammengestellt von Volker Riedel in: *Novellen II*, 1978, S. 439 f.

Rudolf Leonhard: *Das Werk Heinrich Manns* [Auszug]: 18

Sie ist, diese Liebe, Thema einer Novelle *Der Unbekannte* des nächsten Bandes *Stürmische Morgen*. Die Gewalt einer Liebe wird zusammengefaßt; feierlicher, da sie schon in einer Knabenseele sich ereignet, größer, da sie mehr als nur Liebe, da sie die Beziehung zum Besondren, zur Schönheit und Bewegtheit des Lebens ist, Traum der Tat und Notwehr gegen den bürgerlichen Tag; und da sie nur ernster ist vor dem grausam witzigen Abbruch, der diesem Knabenherzen angetan wird, das – unverlogen, aber rein dargestellt, wie es eben ist – reiner ist als die Welt. *Abdankung* wiederholt, knapp und gewaltsamer im kleineren Kreise, das Thema von der Macht, die sich überbieten muß, der nur die Wollust noch bleibt, im letzten Übermut die unterworfnen Gewalten gegen die eigne verworfen hingewandte Brust aufstehn zu heißen. Auch diese Novelle endet kurz in ungeheurem Ernste. – Und *Heldin*, die stirbt, damit sie die Welt gut wissen darf; lebt sie doch von ihrer Liebe! und *Jungfrauen*, die sich noch einmal aus dem Sturm in den heiteren Kreis ihres schwesterlichen Lebensmorgens retten – welche Anfänge! Was für Morgenluft auf diesen Seiten! Meerfrisch, voll Witterung der Küsten einer Zukunft; Kinder, die nicht verkindlicht werden, verwickelte und nicht umgelogne Kinder einer großen Zeit und des ewigen Landes.

In: *Der neue Roman. Almanach*. Leipzig: Kurt Wolff Verlag 1917, S. 79–108; Zitat, S. 95 f.

ature. Beilage zum Literarischen
Zeitgenössische Rezensionen
(Auswahlbibliographie)

Schickele, René: *Stürmische Morgen*. Novellen von Heinrich Mann.
In: ›Die Zukunft‹. Berlin. Jg. 15, Bd. 57, Nr. 7 vom 17. November 1906, S. 275–277, ›Anzeigen‹.
Busse, Carl: [Rez. zu Heinrich Mann: *Stürmische Morgen*.]
In: ›Velhagen & Klasings Monatshefte‹. Bielefeld und Leipzig. Jg. 21 (1906/07), Heft 3, November 1906, S. 382 f., ›Neues vom Büchertisch‹ [Sammelbesprechung].
Dohse, Richard: [Rez. zu Heinrich Mann: *Stürmische Morgen*.]
In: ›Die schöne Literatur. Beilage zum Literarischen Zentralblatt für Deutschland‹. Leipzig. Jg. 7, Nr. 25 vom 1. Dezember 1906, Sp. 489, ›Gesammelte Erzählungen und Novellen‹ [Sammelbesprechung].
Schultze, Karl: Heinrich Mann, *Stürmische Morgen*.
In: ›Der Kunstwart‹. München. Jg. 20, Bd. 1, Heft 11, 1. Märzheft 1907, S. 652, ›Novellenbücher‹ [Sammelbesprechung].
Böckel, Fritz: *Stürmische Morgen*. Novellen. Von Heinrich Mann.
In: ›Das literarische Echo. Halbmonatsschrift für Literaturfreunde‹. Berlin. Jg. 9, Heft 13 vom 1. April 1907, Sp. 1011, ›Novellen und Skizzen‹ [Sammelbesprechung].

Redakt.: [Auszüge aus Rezensionen zu *Stürmische Morgen*.]
In: Heinrich Manns Werke. Prospekt des Verlags Paul Cassirer, Berlin. Ohne Datum [nach 1911] und ohne Numerierung; darin ein Auszug einer bislang nicht identifizierten Rezension aus der ›Berliner Zeitung‹.

Zeittafel

1870/1871	Deutsch-Französischer Krieg. Gründung des Deutschen Reiches unter preußischer Vorherrschaft (18.1.1871). Bismarck Reichskanzler
1871	Luiz Heinrich Mann am 27. März als erster Sohn von Thomas Johann Heinrich Mann und seiner Ehefrau Julia, geb. da Silva-Bruhns, in Lübeck geboren
1875	Geburt des Bruders Thomas
1877	Wahl des Vaters zum Senator von Lübeck
1878–1890	Sozialistengesetz
1884	Reise nach St. Petersburg
Seit 1885	Erste erzählerische, seit 1887 erste poetische Versuche
1889	Abgang vom Gymnasium aus Unterprima. Buchhandlungslehrling in Dresden
1890	Entlassung Bismarcks. Heinrich Manns erste Veröffentlichung einer Erzählung in der ›Lübecker Zeitung‹
1891–1892	Volontär im S. Fischer Verlag, Berlin. Studien an der Friedrich-Wilhelms-Universität
1891	Tod des Vaters (geb. 1840). Liquidierung der Firma Johann Siegmund Mann. Erste Rezensionen in ›Die Gesellschaft‹
1892	Sanatoriumsaufenthalt nach Lungenblutung in Berlin; danach Kuraufenthalte in Wiesbaden, im Schwarzwald und in Lausanne. Rezensionen in ›Die Gegenwart‹

1893	Übersiedlung der Familie nach München Reisen nach Paris, Italien
1894	*In einer Familie*, Roman
1895–1896	Herausgeber der Monatsschrift ›Das Zwanzigste Jahrhundert. Blätter für deutsche Art und Wohlfahrt‹
1895–1898	Aufenthalt in Rom und Palestrina, teilweise zusammen mit dem Bruder Thomas *Im Schlaraffenland* begonnen Erste Notizen zu den *Göttinnen*
1897	*Das Wunderbare und andere Novellen*
1898	*Ein Verbrechen und andere Geschichten*
1899–1914	Ohne festen Wohnsitz. Aufenthalte in München, Berlin, meistens in Italien, oft in Riva am Gardasee im Sanatorium von Dr. von Hartungen
1900	*Im Schlaraffenland. Ein Roman unter feinen Leuten*
1903	*Die Göttinnen oder Die drei Romane der Herzogin von Assy* *Die Jagd nach Liebe*, Roman
1905	*Flöten und Dolche*, Novellen *Professor Unrat oder Das Ende eines Tyrannen*, Roman *Eine Freundschaft: Gustave Flaubert und George Sand*, Essay Übersetzung von Choderlos de Laclos' *Gefährliche Freundschaften* Bekanntschaft mit Inés (Nena) Schmied
1906	Erste Notizen zum *Untertan* Drei Novellenbände: *Schauspielerin, Stürmische Morgen, Mnais und Ginevra*
1907	*Zwischen den Rassen*, Roman
1908	*Gretchen*, Novelle aus dem Stoffkreis des *Untertans*. *Die Bösen*, Novellen

1909	*Die kleine Stadt*, Roman
1910–1913	Jährliche Uraufführungen der Schauspiele Heinrich Manns in Berlin
1910	*Französischer Geist* (später *Voltaire – Goethe*); *Geist und Tat*, kulturpolitische Essays
	Das Herz, Novellen
	Freitod der Schwester Carla (geb. 1881)
	Variété, Einakter
1911	*Die Rückkehr vom Hades*, Novellen
	Schauspielerin, Drama
1912	Bekanntschaft mit der Prager Schauspielerin Maria (Mimi) Kanová während der Proben zu *Die große Liebe* im Deutschen Theater, Berlin
	Beginn der Niederschrift von *Der Untertan*
1913	*Madame Legros*, Drama
1914	*Der Untertan* als Fortsetzungsroman in ›Zeit im Bild‹
	12. August: Heirat mit Maria (Mimi) Kanová. Wohnsitz in München
	13. August: Abbruch des Vorabdrucks nach Beginn des Ersten Weltkrieges. Weiterer Abdruck der russischen Übersetzung bis Oktober in Petersburg (›Sowremennij Mir‹)
1915	Russische Buchausgabe des *Untertan*
	Konflikt mit dem Bruder. Abbruch der Beziehungen nach dem Erscheinen von Thomas Manns *Gedanken im Kriege*
	Zola, Essay; in ›Die Weißen Blätter‹, hg. von René Schickele
1916	*Der Untertan*, Privatdruck in etwa zehn Exemplaren
	Geburt der Tochter Henriette Maria Leonie

1917	*Die Armen*, Roman
	Brabach, Drama
	Madame Legros an den Münchener Kammerspielen und am Lessing-Theater in Berlin uraufgeführt
	Grabrede auf Frank Wedekind
	Versuch einer Versöhnung mit Thomas Mann
1918	Ende des Ersten Weltkrieges. Abdankung Wilhelm II. Novemberrevolution in Deutschland
	Mitarbeit Heinrich Manns im ›Politischen Rat geistiger Arbeiter‹ in München
	Der Untertan, Roman
	Beginn der Arbeit am Roman *Der Kopf*
1919	Ermordung Karl Liebknechts und Rosa Luxemburgs. Friedrich Ebert Reichspräsident. Beginn der Weimarer Republik (Weimarer Reichsverfassung)
	Macht und Mensch, Essays (Gewidmet *Der deutschen Republik*)
	Gedenkrede für Kurt Eisner, den ermordeten Ministerpräsidenten der bayerischen Räterepublik
1920	*Der Weg zur Macht* im Residenz-Theater München uraufgeführt. In den folgenden Jahren wachsende publizistische Tätigkeit
	Die Ehrgeizige, Novelle
1921	*Die Tote und andere Novellen*
1922	Aussöhnung mit Thomas Mann
	Bekanntschaft mit dem französischen Germanisten Félix Bertaux
	Rapallo-Vertrag zwischen Deutschland und der UdSSR
1923	Ruhrbesetzung, Generalstreik. Putschver-

1923 such der Nationalsozialisten in München. Hitler in Festungshaft. Inflation und erster Nachkriegsbesuch Heinrich Manns in Frankreich (Teilnahme an den Entretiens de Pontigny)
Rede bei der Verfassungsfeier in der Staatsoper Dresden
11. März: Tod der Mutter Julia (geb. 1851). *Diktatur der Vernunft*, Reden und Aufsätze

1924 Reise in die Tschechoslowakei, Begegnung mit Thomas G. Masaryk auf Schloß Lana bei Prag
Abrechnungen, Novellen
Der Jüngling, Novellen
Das gastliche Haus, Komödie

1925–1932 *Gesammelte Werke in 13 Bänden* im Paul Zsolnay Verlag, Wien

1925 Zweite Frankreichreise nach dem Krieg, erste Impulse für den *Henri Quatre* in den Pyrenäen und in Pau
Der Kopf, Roman
Kobes, Novelle
Tod Friedrich Eberts. Hindenburg zum Reichspräsidenten gewählt.
Zusammenfassung der Romane *Der Untertan, Die Armen, Der Kopf* zur *Kaiserreich-Trilogie*, der *Romane der deutschen Gesellschaft im Zeitalter Wilhelms II.*

1926 Wahl zum Mitglied der Preußischen Akademie der Künste zu Berlin, Sektion Dichtkunst am 27. Oktober
Liliane und Paul, Novelle

1927 Verstärktes Wirken für eine Verständigung zwischen Deutschland und Frankreich.

1927	Rede im Trocadéro, Paris, zum 125. Geburtstag von Victor Hugo
Begegnungen Gustav Stresemanns mit Aristide Briand
Freitod der Schwester Julia (geb. 1877)
Mutter Marie, Roman
1928	Trennung von Maria Mann, Übersiedlung nach Berlin
Vorsitzender des Volksverbandes für Filmkunst
Eugénie oder Die Bürgerzeit, Roman
1929	Bekanntschaft mit Nelly Kröger, seiner späteren zweiten Frau
Sie sind jung, Novellen
Sieben Jahre. Chronik der Gedanken und Vorgänge (1921–1928), Essays
Weltwirtschaftskrise
1930	Scheidung von Maria Mann
›Der blaue Engel‹, Verfilmung des Romans *Professor Unrat*
Die große Sache, Roman
1931	Wahl zum Präsidenten der Sektion Dichtkunst bei der Preußischen Akademie der Künste. Feier in Berlin zu Heinrich Manns 60. Geburtstag mit Reden von Gottfried Benn, Lion Feuchtwanger, Adolf Grimme, Max Liebermann und Thomas Mann. Teilnahme an einem internationalen Schriftstellerkongreß in Paris. Gespräch mit Aristide Briand. Rede im Admiralspalast zur deutsch-französischen Verständigung
Geist und Tat. Franzosen 1780–1930, Essays
1932	Wiederwahl Hindenburgs zum Reichspräsidenten

1932	*Ein ernstes Leben*, Roman
	Das öffentliche Leben, Essays
	Das Bekenntnis zum Übernationalen, Essay
	Beginn der Arbeit am *Henri Quatre*
1932/1933	Unterzeichnung von Aufrufen zur Aktionseinheit von KPD und SPD gegen die Nationalsozialisten, gemeinsam mit Käthe Kollwitz und Albert Einstein
1933	30. Januar: Hitler Reichskanzler
	15. Februar: Ausschluß mit Käthe Kollwitz aus der Akademie der Künste
	21. Februar: Flucht nach Frankreich über Frankfurt am Main, Kehl am Rhein und Straßburg
	25. August: Aberkennung der deutschen Staatsbürgerschaft
	Der Haß. Deutsche Zeitgeschichte, Essays
1933–1940	Wohnsitz in Sanary-sur-Mer, dann in Nizza. Reisen nach Prag, Genf und Zürich. Politische Artikel in der ›Dépêche de Toulouse‹
	Vorsitzender des Vorbereitenden Ausschusses der deutschen Volksfront, Ehrenpräsident des SDS. Antifaschistische Flug- und Tarnschriften
1934	10. Mai: Heinrich Mann Präsident der Deutschen Freiheitsbibliothek
	Der Sinn dieser Emigration, Essays
1935	Juni: Rede auf dem Internationalen Schriftstellerkongreß zur Verteidigung der Kultur in Paris
	Die Jugend des Königs Henri Quatre, Roman
1936	Heinrich Mann wird tschechoslowakischer Staatsbürger

1936	Beginn des spanischen Bürgerkriegs
Es kommt der Tag. Deutsches Lesebuch, Essays
1937	10./11. April: Volksfrontkonferenz in Paris, Eröffnungsansprache Heinrich Manns
1938	Münchner Abkommen
Die Vollendung des Königs Henri Quatre, Roman
1939	*Mut*, Essays; *Nietzsche* (Kommentar zu einer Auswahl)
9. September: Heirat mit Nelly (Emmy) Kröger in Nizza
Hitler-Stalin-Pakt. Ausbruch des Zweiten Weltkriegs
Verschleppung Maria Manns ins KZ Theresienstadt
1940	Kapitulation Frankreichs vor den Hitlertruppen
Flucht über Spanien und Portugal in die USA. Aufenthalte in New York, Princeton, Hollywood, Wohnsitz in Los Angeles und Santa Monica bis zum Tod
1941	Beginn der Arbeit am Roman *Empfang bei der Welt*
1943	Ehrenpräsident des Lateinamerikanischen Komitees der Freien Deutschen
Lidice, Roman
1944	17. Dezember: Freitod Nelly Manns (geb. 1898)
1945	Bedingungslose Kapitulation Deutschlands
Ein Zeitalter wird besichtigt, Autobiographie
Klaus Mann bringt die gesundheitlich schwer geschädigte Maria Mann aus dem KZ Theresienstadt nach Prag zurück

1947	Ehrendoktor der Humboldt-Universität Berlin
	Tod Maria Manns in Prag (geb. 1886)
1949	Nationalpreis I. Klasse für Kunst und Literatur der DDR
	Tod des Bruders Viktor (geb. 1890)
	Der Atem, Roman
1950	Berufung Heinrich Manns zum ersten Präsidenten der neugegründeten Akademie der Künste zu Berlin/DDR. Vorbereitung zur Rückkehr mit dem polnischen Dampfer ›Batory‹
	12. März: Tod Heinrich Manns in Santa Monica bei Los Angeles
1951	DEFA-Verfilmung von *Der Untertan*
1955	Thomas Mann stirbt am 12. August
1956	*Empfang bei der Welt*, Roman
1958/1960	*Die traurige Geschichte von Friedrich dem Großen*, szenisches Romanfragment
1961	Überführung der Urne Heinrich Manns von Kalifornien nach Prag
	25. März: Überführung der Urne nach Berlin und Beisetzung auf dem Dorotheenstädtischen Friedhof in Anwesenheit von Leonie Mann

Herausgeber und Verlag danken dem Heinrich-Mann-Archiv der Akademie der Künste der DDR, Berlin, und dem Deutschen Literaturarchiv, Marbach am Neckar, für vielfältig gewährte Unterstützung durch Auskünfte und Bereitstellung von Abbildungsvorlagen; dem Aufbau-Verlag, Berlin und Weimar, für die gegebenen Abdruckgenehmigungen.
Die vier Zeichnungen Heinrich Manns [S. 34, 42, 52 und 68] sind dem Band entnommen: Heinrich Mann: *Die ersten zwanzig Jahre*. Fünfunddreißig Zeichnungen. Berlin und Weimar: Aufbau-Verlag 1975, S. 9, 21, 23 und 27.